Illustration by アオガチョウ

Illustration by 笠井あゆみ

Cover Illustration by 壱加

ポロ

コンチータ家に仕える召使い。アルテに比べて性格は良いが、頭はあまり良くない。本能のままに行動するので、発言が嫌味になってしまうことも。傍若無人なアルテをいつもフォローするが、うまく取り繕えず失敗に終わることが多い。食べ物は質より量を重視している。

バニカ＝コンチータ

ムズーリ＝コンチータの娘で、ベルゼニア帝国コンチータ家の現当主。ふわりとした真っ赤なドレスを着ている。幼少時に自由に食事をとることができなかった反動で、食卓に出されたものは完食しないと気が済まない。「悪食の悪魔」と契約し"悪食"を開花させていく。

アルテ

コンチータ家に仕えるメイドで、頭にはお気に入りの黒いリボンを着けている。双子の弟ポロとは違い短気でわがままな性格をしており、不満があれば「戦争よ、戦争!!」と喚く。しかし、そんな性格に反して仕事はテキパキとこなす。食べ物は量より質を重視している。

Illustration by 壱加

Character

プラトニック

凄腕の盗賊で、本名は不明。もともとエルフェゴート国のメリゴド高地出身で良家の娘である。しかし、自由に生きるため家出を決意し、盗賊の道へと入った。仕事の顧客であり、好意を抱いている AB-CIR から『コンチータのワイングラス』の盗取を依頼される。

エルルカ＝クロックワーカー

ベルゼニア皇家と縁が深い魔道師。大地神・エルドの依頼で、世界中に散らばってしまった「大罪の器」を集める旅をしている。ミステリアスな雰囲気だが、かわいい女の子が好きなど、飄々とした性格をしている。同じ魔道師である AB-CIR との関係は不明。

AB-CIR

いつも赤い猫を肩に乗せている魔道師。右手には黒の手袋を身に着けている。「大罪の器」を集めており、顔馴染みであったプラトニックに『コンチータのワイングラス』の盗取を依頼した。度々名前を変えているようだが、その正体は謎に包まれている。

カルロス＝マーロン（ヨーゼフ）

マーロン国の第三皇子で、バニカの元婚約者。生まれつき病弱かつ自信過剰な性格だったため、周りからは鼻つまみ者扱いをされていた。AB-CIR が持っていた『ヴェノムソード』によって容姿を変え、ヨーゼフと名乗り、コックとしてコンチータ邸に潜入する。

Illustration by 壱加

悪ノ大罪

悪食娘コンチータ

Story

悪ノP（mothy）

Illustration

壱加

アオガチョウ

笠井あゆみ

PHP

MENU

aperitif

食前酒——ブラッド・グレイヴ

いらっしゃいませ。

レストラン『グレイヴヤード』へようこそ。

本日はご来店いただきまして、まことにありがとうございます。

まもなく前菜の方が出てまいりますので、それまで少々お待ちください。


当店にはメニュー表がございません。

基本的にはその日の気候や用意可能な食材、シェフの機嫌によってこちらで提供する料理を決めますが、食前酒に関しては赤と白、二種類のワインからお選びいただけます。

どちらがよろしいでしょうか？

……承知しました。では『ブラッド・グレイヴ』をお持ちいたします。


いえ、おかしくはございませんよ。

確かに食前酒の場合、赤より白を選ぶ方が多いですが、そういった決まりがあるわけでもございませんので。

私見になりますが、ブラッド・グレイヴは赤ワインにしては口当たりが軽く、食前酒としても向いています。

……そう、ブラッド・グレイヴ。こちらは、かの吸血鬼が愛飲していたという逸話が有名ですね。

吸血鬼のモデルとなった女性——バニカ＝コンチータについてはご存じですか？

このワインが有名になったのは、彼女の功績によるものが大きいと言われています。

しかしながら現在飲まれているブラッド・グレイヴは実のところ、当初の――いわゆる『オールド・ブラッド・グレイヴ』とは製法が多少異なっているのです。

オールド・ブラッド・グレイヴは今のものよりも、もっと濃厚でまろやかな味わいだったとか。

――まるで人間の血、のように。


気になりますか？

ブラッド・グレイヴについて？

それともバニカ＝コンチータについて？


……おっと、どうやら前菜が運ばれてきたようです。

お客さま方がお望みであるならば、メニューの紹介も兼ねて、一つお話をさせていただきたいと思います。


え？

それが目的でここに来た？

それはそれは……とても光栄な事ですわ。

でも、お食事の方も楽しんでいってくださいね。

それでは、お話しいたしましょう。

この世の全《すべ》ての食物——そしてその果てに自分自身をも喰《く》らおうとした女。

——悪食娘、バニカ＝コンチータの物語を。

hors d'oeuvre

前菜——彩り野菜とタサン豚のレバーパテ

こちらが本日の前菜『彩り野菜とタサン豚のレバーパテ』です。

そう『タサン豚』です。

――あら、タサン豚をご存じない？

……失礼いたしました。

お客さま方がご存知ないのも、無理がないのかもしれませんね。

タサン豚は今ではもう、生息がほとんど確認されていない希少種なのですから。

しかしながらこのタサン豚のレバーパテ、およそ七百年前にはボルガニオ大陸南部地方の郷土料理として、貴賤問わずに愛されていた料理だったようです。

タサン豚はその名の通り、大陸南西部の出島部分――いわゆるタサン地方にのみ生息していた生き物でした。

タサン地方は太古の昔、かのレヴィアンタ魔道王国と双璧を成す大国、タサン大帝国が存在していた場所です。

レヴィアンタ魔道王国が災厄により崩壊したのと同時期に、タサン大帝国も内紛によりラ・タサンとレ・タサンの二つの国に分裂しました。

やがてその両国が隣国のベルゼニア帝国により制圧され、タサンの名はその後、歴史から姿を消すことになります。

タサン豚のミートパイはこのタサン大帝国の最後の皇帝・アングの大好物だったと言われています。

その頃はまだ高価な料理だったようですが、時が経つにつれ民衆にも手が届く、安価な食べ物となっていったようですね。

このタサン豚ですが、今でもよく食べられる一般的な豚と違って、その肉は固くて臭みが強く、食用にはあまり適しておりません。

ではどの部分を食べるのか？　と申しますと、実際に調理素材として用いられたのはその臓物の部位でした。肉の味に反してその内臓は独特の歯ごたえとほのかな甘みが大変に美味だからです。

お客さま方がただいま召し上がっているレバーパテなどは、最も代表的な調理法だと言えるでしょう。

タサン豚の中でもとりわけ貴重とされていたのが『バエム』と呼ばれる品種だったそうです。

『バエム』は他のタサン豚が黒い毛並みをしているのに対し、燃えるような赤い体毛を持ち、こめかみ部分に立派な茶色いツノを生やしていたとか。ここまで違うともはや豚ですらない別の種かと考えてしまいますが、伝承では、あくまでタサン豚の一種とされています。

伝承、と申しましたのは、バエムはすでに絶滅したと考えられており、今ではその姿を見ることができないからです。バエムについては書物でしかその存在を確認できないのが実情です。

もっともバエムは、タサン豚が多数生息していた時代ですら見つけるのは困難で、それに加えてレヴィン教の戒律で食用とすることが禁じられておりました。バエムは悪魔の使いであり、それを食すれば多大な災いが訪れる——そう当時の教会は主張していたようです。

先ほどお話したアング皇帝が食べていたのはこのバエムだった、という説もあります。実際にその後大帝国は崩壊したわけですから、案外信憑性があるのかもしれませんね。

……実は歴史上、このバエムを食べたと伝えられている人物がもう一人いるのです。

それはベルゼニア帝国コンチータ領主であった、ムズーリ＝コンチータ公爵。

かの『色情公爵』サテリアジス＝ヴェノマニアと、ベルゼニア皇家メイリス＝ベルゼニアの子孫とも言われている人物です。

『色情公爵』については——もし知らないのであれば、彼についての伝承はいくつかの書物でも残されているはずですので、そちらをお読みになるのがよろしいでしょう。

とにかく、このコンチータ公爵は大層な食通だったそうで、バエムも一度口にしてみたいと常々考えていたようです。

教会の戒律に反する行為ではありますが、そもそもコンチータ公爵はレヴィン教の信徒ではなかったので戒律についても知らなかった、と伝えられています。

ただバエムは先ほども申した通り、滅多に見かけることがない豚でしたので、長い間彼がそれを食べる機会は訪れませんでした。

コンチータ公爵がバエムを初めて目にしたのは、彼の娘——バニカ＝コンチータがこの世に誕生した年、エヴィリオス暦二九六年のことだったのです——。


ベルゼニア帝国コンチータ領主、ムズーリ＝コンチータ公爵に待望の第一子が生まれた時、彼は大層喜び、すぐさま祝宴の準備をするよう侍従達に命じたという。

玉のような可愛らしい女の赤子だった。

彼女の名前については夫人のメグルとの間で一悶着《ひともんちゃく》あったが、結局は夫人の提案した『バニカ』という名前を付けることで落ち着いた。

「さすがに『ムラムラジャコタスポポポ』はないでしょう……」

夫人は呆れながら、侍従の一人にこう漏らしていたという。

長女の誕生を祝して、山中にあるムズーリの館へ、帝国の諸侯から数々の祝いの品が贈られてきていた。あまりに数が多くて、ムズーリ本人すらどれが誰からの献上品であるか、把握しきれないほどだった。

「この宝石はオルハリ公から……その鏡はヨカヅキ殿からだな。む!?　その剣と盾は……かなり豪華な装飾だが、誰からだったかな？　ロン、わかるか？」

「旦那様、それはジュノ陛下からの贈答品ですよ！　さすがに自国の皇帝からの贈り物を把握していないのはまずいです！」

「おお、そうだったか。さすがはロンだ。よく覚えていたな。しかしこれほどの品々……皆がバニカの誕生を喜んでくれているということ。嬉しいではないか」

「……今夜はまだ、屋敷内の人間だけでの祝宴だから良いですが、日を置いて皆様方にもバニカ様をお披露目せねばなりません。その時にはこれらの品々を贈っていただいた方々もいらっしゃるでしょう。だからこそ——」

「わかっておる。わかっておるからこそ、こうして時間を割いて確認しておるのだ。儂《わし》はずっと可愛いバニカの傍にいたいというのに……」

「バニカ様には奥様と他の侍従達がついております。旦那様には公爵として、まずはご自身の責を果たしてもらわなければ」

「面倒くさいのう」

「もう少し落ち着けば、いくらでもバニカ様と過ごす時間が取れるでしょう。それまでの辛抱です」

ムズーリが侍従のロンとそんなやり取りをしている最中も、さらなる贈答品が屋敷へと運び込まれてくる。

「旦那様！　また新たな贈答品が届きましたよ！　宝飾品や調度品の他に、家畜類なども贈られてきているようです」

「家畜だと!?　ロン、ちょっと見てまいれ。珍しい動物がいるようなら、早速今夜の祝宴用の食材にするのだ。バニカ誕生の祝いだ。食事もありきたりではなく、豪勢なものにしなければならぬ」

ムズーリの食道楽は諸侯の間でもそれなりに知られたものであった。そんな彼の性質を知っているからこそ、わざわざ運送に手間のかかる家畜を贈ってくる者もいたのだろう。

ムズーリに命じられて玄関まで贈答品を見に行っていたロンが、やがて不思議そうな顔をして戻ってきた。

「旦那様、ただいま家畜を納屋に移してきたのですが……」

「うむ、美味《うま》そうな動物はいたか？」

「いえ、それが……どうやら、贈り主のわからない家畜がいるようなのです」

「何!?　それはまずいぞ。あとで礼を言う時に誰が何を贈ってきたのかわからなければ、大恥をかいてしまうではないか」

「色々とバタバタしていますからね……」

「まあよい。とりあえず贈られてきた家畜の種類だけ把握しておいて、あとは相手の顔色を伺いながら適当に話を合わせれば、なんとかなろう」

「いやあ……種類のかぶっているような家畜であれば、それでごまかせるかもしれませんが……」

「なんだ？　珍しい動物なのか？」

「はい……少なくともわたくしめは、これまでにあのような奇怪な動物を見たこともございません」

ロンは困り果てている様子だったが、それに反してムズーリは物知りなロンが言った『見たこともない動物』という言葉を聞いて、明らかに目を輝かし始めていた。

「それは興味深い。よし！　儂が直接見て確認してみようではないか」

そう言って、座っていた椅子から飛び上がり、太った体を揺らしながら一目散に納屋へと駆けだしていった。

「まったく……ご息女がお生まれになって浮かれていらっしゃるのはわかるが……」

ロンは去りゆくムズーリの背中を眺めながら、唖然とした表情でそう呟いた。

「……いや、これについてはバニカ様とは関係ない、ただの食欲か」

ムズーリが食べ物の事となると周りが見えなくなるのはいつもの事だった。

ロンはこんな光景をこれまで幾度となく見てきたのだ。

◆　◆　◆

「珍しい動物の贈り物、というのはどれだ？」

ムズーリは納屋に辿りつくや否や、居合わせた家畜当番の男に尋ねた。

「は、はあ……こちらですが。旦那様、オラこんな気味の悪い豚、初めて見ましたよ」

そう言って男は豚小屋の方を指さした。

小屋の中ではベルゼニア帝国南部に生息している様々な種類の豚があわせて二十頭ほど飼われている。

デミランブ豚はこの辺りで最もよく食べられている種であろう。脂身は多めだが決してしつこくない、さらりとした肉質が特徴だ。白い毛並みが美しい。

シャド・ムン豚はマーロンの在来種とデミランブ豚を交配させた混血種だ。毛はほとんど生えていない。赤味の多い肉はそのままではあまり美味くはないが、加工して他の食材と組み合わせることでその旨味が生きてくる。

黒い毛並みのタサン豚は、はっきり言って肉は臭くてまずい。帝国中の料理人達をもってしても、この臭いだけはどうにもならなかった。

しかしながら注目すべきはその内臓だ。心臓、肝臓、腸、胃袋……どの部位をとっても、他の種では味わえないような独特の美味さを持ち合わせているのだ。

そして気になる『珍しい豚』というのは——見た瞬間、ムズーリはすぐにそれだと気付いた。

「あれは——間違いない！　『バエム』ではないか!!」

「まったくバエムのことも知らんとは、ロンといいお前といい、揃いも揃って食の知識に疎《うと》いのう」

「バ、バエム……ですか？」

とはいえ、ムズーリ自身もバエムを実際に目にするのは初めての事だった。

だが、この炎を纏っているかのような真っ赤な体毛。そしてこめかみから生える、鹿のような二本のツノ……噂に聞いていた『バエム』そのものの姿だったのだ。

小屋の中にいる他の豚達は、バエムを恐れるか、あるいは敬うかのように、彼——もしかしたら彼女かもしれないが——と距離を置いていた。

「旦那様、あの赤い豚の事をご存じなのですかい？」

「あれは……バエムという、タサン豚の一種だ。滅多に人間の前には姿を見せず、養殖も不可能。食通の間では『伝説の豚』と呼ばれているほどの貴重な豚だよ」

「おおぅ……で、伝説……ですか。さすがは旦那様、お詳しいのですな」

家畜当番は感心したように数度、頷きながら赤い豚を改めて見つめた。

「じゃあその味も、大層な美味なのでしょうな」

「それはわからん」

「え!?」

「儂も、儂の知り合いの中にも、このバエムを実際に食べたことのある者は一人もおらんのだ。だが、かの大帝国の皇帝がこれを非常に好んで食べていた、という言い伝えもある。彼に献上しようと乱獲されたため、その数が減ってしまった、ともな」

「そんな珍しい豚を……一体どこのどなたが送ってきたんでしょうかね？」

「……それだ。これを持ってきた荷馬車の御者《ぎょしゃ》は、なんと言っておったのだ？」

「彼にもよくわからないのだそうです。気がついた時には、いつの間にか馬車に乗っていた、と。荷台の中に入っているのは、バニカ様誕生祝いの献上品以外にはないはずなので、とりあえずそのまま運んできたそうです」

「ううむ、そうか……」

どうにも要領の得ない話だ。ムズーリは腕を組み、しばらく目をつぶって考え込んだ。

そして突如目を開けると、こう天に向かって叫んだのだ。

「……わかったぞ！　これはきっと神からの贈り物だ！」

「は、はい!?」

「贈り主がわからない、ということはつまり、野生のバエムが御者の隙をついて荷台に入り込んだ……そう考えるのが自然だろう。中には他の家畜達もいたし、餌も用意されていた。それらに誘われてついつい、ということもあるかもしれん」

「……そんな都合のよいことが、あるんですかね？」

「普通ならまず考えられんことだろうな。だからこその『神からの贈り物』なのだ！　きっと神がバニカの誕生を祝って——そして儂の日頃の良い行いへの褒美として、このバエムを与えてくださったのだ！　そうに決まっておる!!」

「……そうかもしれませんな」

家畜当番は反論することをやめた。こうなってしまったムズーリには、もはやいかなる言葉も届きはしない。それをよく知っていたからだ。

「ならば、遠慮する必要はまったくない、ということだ。ありがたく今夜、このバエムをいただくとしようではないか！」

「せっかくなら、バニカ様のお披露目会の時に皆様方に振る舞った方がよろしいんじゃないですかね。そうすれば旦那様の立場も——」

「駄目だ!!　せっかくのバエムをヴィンセン伯やオルハリ公、他の奴らにも食べさせてやるもんか！儂一人が食べて、後で他の奴らに自慢してやるんだからな！」

「はあ、そうですか」

やはり家畜当番が異を唱えることはない。繰り返すが、こと食に関して、ムズーリが妥協することなどありえないのだ。家畜当番である自分のような人間が下手に意見すれば、首が飛ぶ可能性すらある。

「よし！　このバエムをいますぐ調理場へ運ぶのだ!!」

現に家畜当番の返事を待つことなく、ムズーリは今度は調理室へと大きな腹をタプタプと揺らしながら走っていった。

◆　◆　◆

ムズーリからの指示を聞いたコック長は、実際に運ばれてきたバエムを見た途端、目を丸くした。

「こ、これが『バエム』ですか……」

「そうだ。こいつを晩餐の食材として使ってほしい。できるか？」

コック長はバエムに近づき、その体をペタペタと触りながら周囲を回っていたが、やがて「うん」と一回頷いた後、こう答えた。

「体毛の赤さとこのツノ、それにちょっと体が大きいこと以外は普通のタサン豚とほとんど変わりはないみたいですね。調理自体は問題なく行えると思います。ただ、味の保証は――」

「美味いに決まっている！　なんといっても『伝説の豚』なのだからな!!」

「……まあ、とりあえずやってみましょう。調理法は普通のタサン豚と同じ、内臓のみの使用で構いませんか？」

「――いや、ためしに肉の方もどうにか使えないか、試してみてくれ。もしかしたら他のタサン豚と違って、肉もいけるかもしれん」

「うーん、どうでしょうか……？」

コック長はバエムの腹に鼻を近づけ、臭いをかぐ仕草をした。

「……あまり、期待はなさらない方がよろしいかと」

「とにかく、夜までもうあまり時間がない。早急に取りかかって――」

「――ブモォォォ!!」

その時だ。ムズーリの言葉を遮るように、突然バエムが暴れ始めた。

「わっ!?」

コック長が慌てて後ろにのけぞり、床に尻餅をついて転んだ。

首にかけられた縄を家畜当番がしっかり引いているため、バエムがムズーリやコック長に飛び掛かることはなかった。だがバエムはその場で好き放題に動き回り、辺りの調理器具を次々に撒き散らす。

「ちっ……この!!」

ムズーリは即座に腰の鞘から、彼の体躯によく似合う太柄の剣を抜き、バエムの頸動脈の辺りにそれを突き刺した。

「ブエエエエ!!」

バエムは断末魔の鳴き声を上げて、その場に横になる。首から鮮血を撒き散らしながら、なおもしばらく暴れ回り——。

やがて、完全に動かなくなった。

「——お見事」

立ち上がったコック長が、ムズーリに向かって軽く拍手を送った。

「ふう、だいぶ返り血を浴びてしまったな。身体を洗ってくる。——最高に美味い料理を頼むぞ」

そう言い残すと、ムズーリは調理場を後にした。

◆　◆　◆

まもなく晩餐が始まろうという時になって、食卓で料理を待ち構えていたムズーリの元にコック長が駆け寄ってきた。

「旦那様。例の『バエム』のことについて、少しお話が……」

コック長は隣に座っているメグル夫人に聞こえないように、ムズーリの耳元で囁いた。

「なんだ？　何か問題でもあったのか？」

「ええ……ちょっと調理場まで来ていただけますか？」

コック長に連れられて調理場に再びやってきたムズーリが見たのは、皮をはがれ、内臓を取り出されてバラバラに解体されたバエムの姿だった。

だが、コック長が見せたかったのはこのバエムの哀れな姿ではない。

「これをご覧ください」

そう言って彼がムズーリに差し出したのは、ほのかに赤く染まっている半透明のワイングラスだった。

「このグラスが、バエムの胃袋の中から出てきたのです」

「――豚がワイングラスを呑み込んでいた、ということか？」

「そうです。それだけでもおかしい話なのですが……さらに不思議な事にこのワイングラス、どうやら見たところガラス製のようですが、胃の中にあったというのにどこにも欠けたり、溶けている様子がないのです」

「ほう……なるほどな」

ムズーリは受け取ったワイングラスを高々と掲げた。

あらかじめ水で丁寧に汚れを洗い流したのだろう。グラスは非常にきれいな状態で、臭いはもちろん染み一つ付いてはいなかった。コック長が言う通り、損壊している様子もない。

装飾のほとんどない、シンプルな作りのワイングラス。

だが、だからこそ非常に優秀な職人の手によって作られたものであることが、ムズーリにはわかった。

完全に左右対称の、美しい曲線。ここまで均等に歪みなく作られたグラスを、これまでムズーリは見たことがなかったのだ。

「……あるいはこの豚は本当に『神の使い』だったのかもしれんな」

「……？」

「コック長。それでお前は、一体何が問題だというのだ？」

「え!?　……ええ。一見するとグラスはまったく欠けておりませんが、もしかすると目に見えないような小さな破片が、胃袋のどこかに刺さっている可能性は否定できません」

「だから、食べるのはやめろ、と？」

「少なくとも胃袋に関しては。お口の中を怪我する可能性もありますし、もし破片が旦那様の体内に入り込んだら……最悪の場合、お命にかかわる——」

「そうならないようにするのが、お前の役目ではないのか？」

「もちろん、細心の注意を払って調理するつもりです。しかし、万が一ということも——」

「構わん。バエムを食って死ぬというのなら、儂にとっては本望だ」

「……旦那様はご息女がお生まれになったばかりの身。どうかご自愛を——」

「儂がもし死んだら、いつか大きくなったバニカにこう伝えてくれ。『お前のお父上は食の高みを求めて死んでいった、素晴らしき男だった』とな」

「……承知しました」

コック長は説得を諦めた。他の者達同様、いや、他の誰よりも彼はムズーリの食に対する頑固さをよくわかっていたのだ。

「今夜はこのワイングラスで食前酒を飲むとしよう。ワインは何を用意している？」

「はい。エルフェゴート産の『ヤツキ・ロペラ』を」

「……我がベルゼニア帝国では良いワインが作れないという事実。これは悲しいな」

「そうですね。この『ヤツキ・ロペラ』も、エルフェゴートから取り寄せるのに苦労いたしました」

ムズーリはワイングラスを持ったまま調理場を立ち去ろうとしたが、ふいに振り返ってこうコック長に尋ねた。

「そうだ。お前はもうバエムを食べてみたのか？」

「……はい、肝臓の一部をパテにして、毒味をいたしました」

「――で、どうだったのだ？」

「……私がこれまで食べたことのある食べ物の中では――最上の味でした」

「……よろしい。調理を続けなさい。楽しみにしているぞ」

ムズーリは期待の笑みを浮かべたあと、食堂に戻った。

◆　◆　◆

紆余曲折を経てようやく食卓に出された『バエム』であったが、それはムズーリにとって想像以上に美味な食材であった。

珍しい食材の料理というものは、実際に口にすると案外「こんなものか」と思ってしまうことも多い。だがおそらくこのバエムに関しては、たとえ食材を伏せて普通の豚料理として出されたとしても、ムズーリは間違いなく絶賛したであろう。

コック長はバエムの内臓を用いて五品の料理を作り上げた。脾臓《ひぞう》のワイン蒸し、心臓のマリネ、腎臓のグリル、胃袋のソテー、そして肺、心臓、肝臓で作ったロールキャベツである。

「肉の方はやはり食材としては不向きでしたので、通常のタサン豚と同じ調理法で作ってみました」

そうコック長は説明した。ムズーリとしてはどうせならバエム一匹、まるごと味わってみたかったのだが、専門家であるコック長がそう言うのならば、実際に肉は不味いのだろう。ムズーリが食べたいのはあくまで美味しい食べ物だけだったので、ならば仕方あるまい、と諦めた。

まず一番最初にそれらの料理に口をつけたのは、もちろん家長であるムズーリだ。無論、その前に全て毒味役が毒味をしてはいたが。

まず一品目、脾臓のワイン蒸しを一口食べて、ムズーリは小さく唸り声を上げた。そのまま「美味しい」とも「まずい」とも言わず、無言で次々と他の料理にも口をつけていく。

その顔は真剣そのものだ。あまりに鬼気迫った表情で食事を続けるムズーリに、コック長も、娘のバニカを抱えたまま食卓についていたメグル夫人も、不安そうな顔でムズーリの食べる様子を見守っていた。

ものの五分も経たないうちに、ムズーリは全ての料理を平らげてしまった。

その時になって初めて彼は我に返ったように、食卓から顔を上げてこう言ったのだ。

「……なんということだ。あまりに美味すぎて、無意識のうちに全部食べてしまったではないか」

その瞬間、コック長は安堵の笑みを浮かべた。どうやら我が主は、この料理をいたくお気に召したようだ。

「おかわりだ、コック長。もっとじゃんじゃん作って持ってくるのだ！」

「承知いたしました！　……ところで旦那様、あれだけの大きな豚です。いくらかを保存食にしたとしても、さすがに全てお一人では食べきれないかと思いますが……」

「わかっておる。今日はバニカの誕生祝いなのだ。他の者達にも存分に振る舞ってやるがいい!!」

ムズーリのその言葉を聞いた途端、使用人達から小さな歓声と拍手が沸き起こった。

彼らもすでにバエムの事は耳にしており、その珍しい豚をぜひとも食べてみたいと思っていたのだ。

調理場から続々と料理が運ばれてきた。バエムを使ったものはもちろん、他にもコック達が腕を振るって作り上げた豪勢な食事だ。

バエムの胃袋については特に念入りに下処理を施していたが、一応もし何か違和感があればすぐに吐き出すようにコック長は使用人達にも言い伝えた。

料理を口にした使用人達から、再び歓声が上がる。彼らがこうして食道楽の主人から『おこぼれ』にあずかる機会はそれなりに多かったが、舌が肥えた彼らでさえバエムの美味しさには驚きを隠せなかった。

晩餐はこれまでにない、愉快で楽しく、感動的なものになった。

使用人達のとても嬉しそうな顔を見て、ムズーリもまた『バエム』を食べた時と同じくらいの、幸せな気持ちになったのだ。

だが、そんな楽しい空気の蚊帳《かや》の外にいる人物が一人だけいることに、ムズーリは気がついた。

「おや、メグル。なんだ、せっかくの料理をお前は一口も食べていないではないか。とても美味いから食べてみろ」

しかし、ムズーリの勧めに対して妻は申し訳なさそうに首を振った。

「ごめんなさい。食べたいのは山々なのですが――やはりまだ、体調がすぐれなくて。どうにも食欲が湧かないのです」

「そう言わずに、一口だけでもいいから食べてみろ。『バエム』を食べられる機会など二度とないのかもしれんのだぞ。それに母親が栄養を取らねば、バニカに飲ますための乳も出なくなってしまう」

「お心遣い、ありがとうございます……では本当に、一口だけ」

メグルはそう言って、ロールキャベツを細かくナイフで切り分け、それを口に含んだ。

「……まあ、本当に美味しい」

すると、みるみるうちに、メグルの顔に笑顔があふれていく。

メグルは普段からあまりたくさん食べる方ではなかったが、生まれついての貴族の娘らしく、食べ物の味にはそれなりのこだわりを持っている女性だ。料理の感想について、決してその場限りの嘘やお世辞を言うような人間ではないことは、ムズーリが一番よく知っていた。

「そうだろう、そうだろう!!」

上機嫌のムズーリは続いて、彼女の膝の上にいるバニカに視線を移した。

「どうだバニカ。お前も食べてみるか? ん?」

そしてフォークに刺さった心臓のマリネの一欠片《ひとかけら》をバニカの口元に運ぼうとしたが、メグルが慌てて彼の手を止めた。

「さすがに生まれたばかりの、まだ目も開かぬような子に、そのような物は……」

先ほどの遠慮がちな言葉とは違い、今度は明確な拒絶の色合いを持った口調だった。

「ううむ……まあそうだな。我が子ならばもしかして食べられるかも、とも思ったが……」

「いずれ大きくなった時、また美味しいものを食べる機会もございましょう。今、この子に必要なのは肉でも野菜でもなく、私の乳なのです――ねえ、バニカ」

メグルがそう言いながらあやすと、バニカはそれに答えるかのようにキャッキャと笑った。

「おお、よしよし」

楽しい宴は、メグルがバニカを連れて就寝した後も続き、日が変わる頃になってようやくお開きになった。

バエムの腹の中にあったワイングラスは、その美しさからムズーリのコレクションとして屋敷の地下にある宝物庫に保管されることとなった。

コンチータ家六代目当主、ムズーリ＝コンチータ。

彼にとってはこの時こそが、人生で最も幸せな時だったのかもしれない。

◆　◆　◆

翌朝、侍従のロンが二日酔いでフラフラになりながら裏庭の掃除をしていた時である。

そこで彼は、調理場に続く勝手口の前で倒れている、一人の男を発見した。

口から大量の血を流し、真っ白な顔でピクリとも動かない。

「コ……コック長、どうしたんですか!?　しっかりしてください！　おい、誰か、早く来てくれ!!」

やがて、コンチータ家お抱えの医者がすぐにやってきたが、彼がロンに告げたのは、コック長がすでに死んでいる、という事実だった。

外傷なども無く、死因は不明。

しかし、コック長の死を聞かされた時にすぐさまロンが考えたのは、昨夜自分も口にした、あの『バエム』だった。

（まさか、あれが原因で……）

今までほとんど食べられたことがない、珍しい豚なのだ。実は毒を持っていた、なんてことも考えられなくはない。

ロンはすぐさま、主のムズーリにこの事を報告した。ムズーリも驚き、顔を蒼くしたが、だからといって、もうどうしようもなかった。

もう皆バエムを食べてしまったのである。

赤ん坊であるバニカ以外の、この家にいる者、全員が。

「と、とにかく、医者に全員診《み》せるのだ！」

ムズーリの命令に従い、家人全員が医者の診察を受けたが、どこかに異常のある者は一人もいなかった。

しかし、未知の毒であれば、医者の診断などあてにはならないだろう。

「とりあえず、様子を見るしかありませんね。私もしばらくこの屋敷に泊まり込みますゆえ、お身体に異変がありましたらすぐに申し付けください」

なんとも頼りない医者の言葉ではあったが、今は彼に任せるより他はなかった。

だが、夕方を過ぎる頃には、ムズーリも侍従達も、いくらか落ち着きを取り戻し始めていた。

――バエムを食してから、まもなく丸一日が経とうとしているのに、自分達の身体には何もおかしなことは起こっていない。もしバエムに毒があったとしたら、コック長以外の誰も調子を崩していないなんてことは、ありえないではないか。

きっと、コック長は偶然、隠していた持病か何かで死んでしまったのだ。それはそれで悲しいことだが、おそらくバエムとは関係ない。

そうだ、そうに決まっている——。

そんなふうに誰もが、考え始めていた。

◆　◆　◆

その希望は、次の日にあっけなく崩されることとなった。

新たな死者が出たのだ。

第二の犠牲者は、家畜当番の男だった。彼もコック長同様、外傷は一切なく、豚小屋の中で口から血を吐いて死んでいたのだ。

医者はコック長と家事当番の死体を馬車に詰めて、屋敷を後にした。

屋敷の人間がバエムを食べてから二日も経っており、症状が一度に起こっていない事から、バエムに毒があった可能性は低い。だが、なんらかの伝染病の可能性もあるため、死体をもっと詳しく調べてみる——とのことだった。

ムズーリをはじめ家人達は皆、怯えていたが、それでもまだこれが偶然の出来事であると、どこかで信じ込もうとしていた。

たまたまだ。たまたま二日連続で病死が出たに違いない——。

三日目の死人は、メグルの身の回りの世話をしていたメイドだった。

——彼女はもう六十歳を超えていた。突然血を吐いて死んだっておかしくはない。

四日目に死んだのは庭師の若い男だ。

——よく酒を飲む奴だった。早死にしたって不思議じゃない。


五日目になって医者が戻ってきた時、屋敷の中は異常なほど静まり返っており、家人達は皆、恐怖で震えているようだった。

今朝は洗濯番をしていたネツマ族の女が死んでいたらしい。

「……お加減はいかがでしょうか？　公爵様」

医者は恐る恐る、屋敷の主であるムズーリに尋ねた。

「……儂はなんともない、大丈夫だ。だが、使用人達が次々と死んでいっている。毎日毎日……一人ずつだ！　こんなの偶然であるわけがない!!　なあ、原因はわかったのか!?　わかったのなら早く教えてくれ——このままでは、気が狂ってしまいそうだ!!」

ムズーリはすがるような顔で、医者に向かって叫んだ。

「——持ち帰ったお二人の死体ですが、試しに腹を裂いて中の臓物を見てみました。普通はこのような事はしないのですが、いかんせん外から見る限りはどこにも異常がなかったもので……」

「それで、どうだったのだ!?」

「不思議な事に、二人とも胃袋だけが異様に膨らんでおりました。そこで今度は、その胃袋に切れ目を入れてみたのです。そうしたら……中からこんなものが」

そう言って医者は、厚手の布にくるまった物をムズーリに差し出してきた。

「……何だ、それは？」

ムズーリの求めに応じて、医者は布の包みを開いていく。

中から現れたのは、血で染まった一本の刃物だった。

「なんと……そんな物が胃の中に!?」

「包丁ですよ。これは最初の死者――コック長の腹の中にあったものです。こんな物を呑み込めば、そりゃあ死んでしまうでしょうよ。家畜当番の男の方ですが、あちらの胃には……大量の干し草が、消化しきれずに詰まっていましたよ」

「干し草だと……!?」

「家畜のつもりにでもなってしまったんでしょうかね。とにかく、こんな原因、わかりっこありません。あり得ないものを食べてしまう病気……そんな病気、あるはずがないんですから」

医者は顔を手で覆いながらそう答えた。

どうやら彼は完全に匙《さじ》を投げてしまったようだった。

「まるで何かに取り憑かれてしまったような症状です。仮に病気だとしても、私にはとても治せそうにありません……お役にたてず、申し訳ありませんが」

「そんな！　では儂は……儂らは、どうしたらいいというのだ!?」

「これは……気休めにしかならないかもしれませんが……今、ふもとの町には著名な魔道師がやって来ているそうです。医学でどうにもならない以上、彼の知恵に頼ってみるのも――」

「『魔道師』だと!? そんな胡散臭い輩にどうにかできるとでも言うのか!! 貴様、病気が治せないからと、適当なことを言って逃げるつもりだな」

ムズーリは怒り狂い、傍に置いてあった蝋燭立てを医者に投げつけた。

「もういい!! お前などもうクビだ。さっさとここから出ていけ!!」

そしてそのまま座っていた椅子から立ち上がって剣を抜き、医者に向かって振り上げる。

「ひ、ひいぃぃ!!」

医者は慌てて、その場から逃げ去っていった。

◆
◆
◆

六日目の昼、ローブを羽織った一人の男性が、ムズーリの求めに応じてふもとにあるギャストーの町から屋敷へとやってきた。

「『AB-CIR』と申します。お目にかかれて光栄です。ムズーリ=コンチータ公爵」

黒いローブ、黒い髪、そして右手にだけはめた黒い手袋。

黒づくめの魔道師は、ムズーリの前に跪《ひざまず》いた。

「『エイビーシアー』? ずいぶんと変わった名前だな」

「そうですか? 自分としては今のところ、結構気に入っているんですけどね。……飽きたらまた変

えるかもしれないですけど」

「本名ではないのか？」

「ええ。魔道師って、あまり名前が知られ過ぎちゃうと、色々と頼られ過ぎちゃって大変なんですよ。だから僕の場合、定期的に自分の呼び名を変えるんです。まあ魔道師の中には、同じ名前を馬鹿正直にずっと使い続ける奴もいますけどね」

魔道師はそう言って、気だるそうな顔つきをしながらも、わずかに微笑んだ。

「著名な魔道師だと聞いていたのだが？」

「そうですね。最近はこの名前も結構、有名になってきちゃったみたいで。……やっぱそろそろ、変えようかな？」

「そんなことはどうでもいい！　問題はこの屋敷で起こっている奇妙な病気についてだ」

「ええ、それについては、ここに来るまでに大体の話は聞いてきましたよ。使用人が毎日、一人ずつ死んでいく――『あり得ない』ものを食べて」

ムズーリがコクリと頷いた。

「そうだ。今朝も一人、侍従が死んだ。そいつは死ぬ直前に腹の中のものを吐き出したようでな――近くに裁縫鋏《さいほうばさみ》が転がっていたよ」

「そんな物を食べたら、そりゃあ助からないでしょうねえ」

「不安でたまらんのだ……このままではいずれ、皆死んでしまうのではないか、と……。使用人だけではない……妻や生まれたばかりの我が娘、そして儂自身もな……」

「ふうむ……」

魔道師はムズーリの言葉に耳を傾けながら屋敷を見回した。

「……うん、なるほどね。なんとなくわかりましたよ」

「本当か!?」

「公爵様、最近、何か珍しい物を手に入れたりしませんでした？」

「う、うむ！　そうだ、そうなのだ！　あの『バエム』を皆で食べてから、おかしなことが——」

「バエム？」

魔道師が少し、眉をしかめた。

「滅多に手に入らない、貴重なタサン豚だ。それを娘の誕生日祝いにと食べた次の日から、死人が出始めた——やはり、あの豚が原因だったのか!?」

「おかしいなあ……」

ムズーリの返答は、魔道師の思惑とは違っていたようで、彼は意外そうな顔をして頬杖をついていた。

「もっとこう、他の物だと思っていたんだけどな……例えば『赤いワイングラス』とか——」

「!?　ワイングラス……それも確かにあったぞ!!　バエムの——胃の中にな」

「それだ！」

魔道師は我が意を得たり、とばかりに指を鳴らした。

「で、そのワイングラスは今、どこに？」

「これも高価な物だと踏んだのでな。宝物庫に保管しておる」

「公爵様。そのワイングラスこそが、今回の件の元凶に間違いありません。今すぐ手放すことをお勧めいたします」

魔道師の提案に応じ、すぐさまムズーリは侍従のロンに命じた。

「ロン！　今すぐ宝物庫から持ってくるのだ！」

「ハッ！」

ロンは部屋を飛び出していった。

「皆様が食べてしまったという、その豚——おそらくそいつは『悪魔との契約者』だったのでしょう」

魔道師は説明を続ける。

「どういう……ことだ!?」

「そのワイングラスはおそらく『大罪の器』の一つ——悪魔の宿りし道具だと思われます。悪魔と契約した者は、死体を操り、あらゆる物を喰らいつくすバケモノへと変貌してしまうのです。さらには、その契約者の血を飲んだ人間も自制心を失い、契約者と同じようになんでも食べるようになってしまうのだとか。しかし、彼らは契約者本人とは違って身体は普通の人間のままですから、胃袋は『悪《あく》食《じき》』に耐えられずに死んでしまう——というわけです」

「つまり、これは『悪魔の祟《たた》り』ということなのか？」

「うーん、ちょっと違うんですが、まあ細かい説明は面倒くさいんでそれで良しとしましょう」

魔道師はその場を歩き回りながら演説を続けた。

「あなた方は、契約者であるその豚の血を体内に取り込んでしまったわけです。——まあなんで豚が悪魔と契約したのか、それは僕にもわかりませんが。そして、この屋敷の皆さんは契約者の血を飲んだ者特有の病……そうですね『グーラ病』とでも名付けましょうか、これにかかってしまった、というわけです」

「グーラ？」

「百年ほど前、この病が原因で村が一つ、滅んだという伝承が残っています。その村の名前が『グーラ』なのです。その時も最初は今回のこの屋敷同様、一日一人ずつ死んでいったそうですよ。病が深刻化するにつれて、そのペースは一日に二人、三人と増えていき、最後には――」

その時、侍従のロンがワイングラスを持って宝物庫から戻ってきた。

「おっと、話題の品がやってきましたね。ほう、これが問題のワイングラスですか――」

魔道師がそう呟いたのと同時に、一匹の赤い猫が突然彼のローブの中から飛び出し、侍従に飛び掛かった。

「わっ!?」

驚く侍従を横目に、赤猫は素早く口でワイングラスを奪い取ると、そのまま魔道師の肩に飛び乗った。

「このグラスは僕がいただきます。なあに、責任を持って処分いたしますから、ご心配なく……」

魔道師は不敵な笑みを浮かべ、赤猫からワイングラスを受け取る。

「こ、これでもう、死人は出ないんだな!?」

ムズーリは期待を込めて尋ねた。

だが、魔道師は残念そうに首を振って、こう答えたのだ。

「いえ、『グーラ病』はこの大罪の器が手元から無くなっても、完全に治るわけではありません。あくまでこれ以上の進行を抑えるだけに過ぎません。このままでは今後も一人ずつ、屋敷の誰かが死んでいくことでしょう」

「そんな!?　それではなんの解決にもなっていないではないか!!」

「……先ほどのグーラ村の話ですが、実はただ一人、ある手段をとった者だけが生き残ったと伝えられています」

「そ……それはどんな方法だ!?」

「単純な事です。その男はただひたすら、腹を空かさぬように食べ続けたのです。おかしな物が胃に入ってしまう余地をなくすように、腹を常に普通の食べ物で満たしておくわけです。村中の食べ物を喰い漁り続け、それがなくなったら野盗となって他の村の食料庫を襲い――そうして何年も男は生き残りました」

「ひたすら……食べ続けて腹を一杯にしておけ、と?」

「やがて十年が経過した時、男は唐突に変な物を食べたくなる衝動を失ったそうです。今回の件がそれと同様かはわかりませんが、とにかく十年間、何とか持ちこたえればこの病――いや『呪い』と言った方がいいかもしれませんが、これは呪いが解ける可能性があるということです」

「十年も……他に方法はないのか!?」

「ありませんね」

魔道師はきっぱりと言い放った。

「少なくとも僕は知りません。まあ、公爵様はたいそうな食通でいらっしゃるとか。ある意味、願ったり叶ったりなんじゃないですか？」

「この……！」

ムズーリは医者の時のように怒りで剣を抜きかけたが、我に返って再び剣を収めた。

「いや……解決法がわかっただけでも喜ぶべきか。わかった、とにかく十年間、食べ続ければいいんだな？」

「公爵様の立場ならばそれも可能でしょう。領土中の食べ物をかき集めなさい。いかなる手段を持ってしても――ね」

魔道師はそう言って含み笑いを見せた。顔立ちが綺麗なせいもあったが、その表情にはどこか女性的な艶めかしさがあった。

◆　◆　◆

その日から、食料庫や家畜小屋の食材をかき集め、ひたすら食べ続ける生活が始まった。

ムズーリだけではない。彼の家族や使用人達も同様である。

とにかく腹を減らさぬよう、ただ、ひたすらに食べ続けるのだ。

魔道師の言葉は正しかった。屋敷内から死人が出ることはなくなったのだ。

ムズーリにとって食事とは喜びであった。ただ食べ続ければよいというのであれば、確かにあの魔道師の言う通り、これほど簡単な事はない――。

最初の内はそう思ってもいた。

倉庫の食材はすぐに底をついた。ムズーリは領地の民に重税を課し、なおも食材となるものを集め続けた。

食べる、飲む、とにかく、喰い続けること。

自分達が死なないためには、それしかないのだ。

年が経つにつれ、民への税はますます重くなっていく。それにともないコンチータ公爵の評判はみるみるうちに地に落ちていった。

それでもなお、食べるのをやめるわけにはいかなかった。

食べる手を少しでも休めたら、死ぬ――その強迫観念は、次第にムズーリや家人達の心を狂わせていった。

食べるものに困らない、という一見恵まれた環境に置かれた使用人達であったが、当人達にとっては苦痛そのものだった。食べ物の味を楽しむ余裕などもはやまったくない、ただ家畜のように食べ続け、肥えていく生活――。

耐えかねて、逃げ出す使用人も現れ始めた。民を苦しめてまで生き残りたくはないと、食事を拒否する者もいた。そういった人間達には『グーラ病』の呪いが容赦なく襲い掛かり、翌日には彼らの死体が発見されるのだ。

彼らの最期を目《ま》の当たりにした家人達は恐れおののき、再び食事に精を出し始める。

ムズーリの娘、バニカはそんな環境の中でもすくすくと育っていった。

彼女が六歳の時、食事中にこんなことを言った。

「私、今日はもうこれ以上いらない。あまりお腹が空いていないの」

ナイフとフォークを皿に置いてしまったバニカを、隣に座っていた母のメグルが睨み付けた。

カモシカのようにスレンダーだったメグルの身体も、その時にはすっかり醜く肥えてしまっていた。

「……食べなさい。残してはいけません」

メグルは引き絞るような声で、バニカに対しそう呟いた。

「嫌よ。私、キャロットはそんなに好きじゃないの」

バニカはなおも首を振って拒絶する。

「食べなさい!!」

メグルは激昂《げっこう》し、バニカの前にある料理を手で摑《つか》むと、それを娘の口に無理矢理押し付けた。

「やだ、やだぁ〜!!」

泣きだすバニカを見て、傍にいたロンが慌ててメグルを止めようとした。

「奥様！　バニカお嬢様は我々と違って『バエム』を食べてはおりません。無理に食事をとる必要はないのです!!」

それでもメグルはなお、バニカの口の中に食べ物を押し込もうとする。

「私がこんなに苦しんでいるというのに……!!　どうしてこの子は……この子だけが……!!」

その目はもはや、正気を失っているようだった。

ムズーリはそんな妻と子の様子をただぼうっと眺めながら、自分の食事を続けるのだった。

◆　◆　◆

やがて、屋敷の人間達が『バエム』を食べてしまってから九年と六か月が過ぎた。

魔道師が言っていた十年まで、あと半年。

ただ食べ続けるだけ——それだけであったが、それがこんな辛い事であったとは、昔のムズーリならば思いもしなかっただろう。

苦しみに満ちた日々であった。だがそれももう終わる。あと少しで、この家畜のような暮らしから解放される。悪魔による懲役が終わりを告げる。

——そのはずだ。

この九年半、ムズーリは道端の石ころや割れた鏡の破片、挙句の果てには蝋燭の炎などをふいに口に含みたくなる衝動に駆られることがあった。

その度にムズーリはいつも以上にむきになって肉や野菜を口の中に詰め込んだ。胃袋が満たされると、おかしな衝動からは解放された。

あと半年経てば、本当にこの症状は治まるのだろうか。魔道師はあの日以降、屋敷には姿を見せていない。ふもとの町でも目撃されていないという。

とにかく、彼の教えてくれたグーラ村の伝承と、この屋敷の人間を襲っている現象が同じであることを信じるより他になかった。

使用人の数もずいぶんと減ってしまった。『グーラ病』で死んだ者がほとんどだったが、単純に食べ過ぎによって胃腸を壊して、亡くなった人間もいた。

犠牲は多かった。ムズーリ自身も今や民からの人望を完全に失い、いつ反乱を起こされてもおかしくないほどまでに領土は乱れてしまっている。

食べ続けなければならない病気だから――そんな説明で納得してくれるほど、民衆の気持ちとは簡単なものではないのだ。

病気が治ったら、彼らには償いをせねばならない。今の地位を失うこともムズーリは覚悟していた。

妻のメグルはすっかりおかしくなってしまった。心優しかったかつての面影はもう、ない。攻撃的になってしまったメグルの怒りの矛先は主に、娘のバニカに向けられた。

バニカはおとなしい、というよりも、暗い子に育ってしまった。母に怯え、黙々と食事する彼女の姿しか最近は見ていないような気がする。

だが彼女達は生きている。それだけでもうムズーリには充分だった。全てを失っても、家族が傍にいてくれればいい。静かな所で暮らせば、メグルもきっと元の性格に戻ってくれるはずだ。

あと少しだ。半年経てば、全ては終わるはずだ。

――ムズーリの唯一の気がかりは、最近の領土内、いや、ベルゼニア全域で例年より寒い日が続いている事だった。もうすぐ収穫期に入るが、作物が思ったように育っていない、という報告も受けている。

たとえ飢饉が起きても、ベルゼニア内の他の領土であったなら食料を備蓄しているはずなので、よほどの事がなければ大した被害にはならないだろう。

だが、このコンチータ領ではそういうわけにもいかない。民から毎年搾り取っていた食物も、その後すぐさま食べ尽くしてしまっていたために、そういった備蓄食料がほとんどないのが現状なのだ。

◆　◆　◆

ムズーリの危惧は、彼の想像以上に酷い状態で現実となった。

冷害により作物は全滅し、さらには疫病《えきびょう》の蔓延により家畜にも被害が出ていた。

大飢饉の到来である。

魔道師の予言した十年まで、あと二か月だったが、とてもそれまで必要な量の食べ物は確保できそうになかった。

ムズーリは皇都や他領の領主にも援助を求めてみたが、彼らも自分達の領土から餓死者を出さないようにするのに精一杯で、とてもコンチータ領にまで手が回らないようだった。要請は全て断られてしまった。

「何か……何か食べるものを……」

屋敷の使用人達は狂ったように食料を求め始めた。胃の中を満たしていなければ『バエム』の呪いが襲い掛かってくる可能性があるのだ。

「ここまで生き残ってきたのに……最後の最後で死んでたまるか……！」

皆、必死だった。というよりも、それほどまでに生に執着する人間しか、もうこの屋敷には残っていなかったのだ。

中には民衆の家を襲って食料を奪おうとする者まで現れ始めた。だが、重税で絞られていたところに襲ったこの大飢饉だ。食欲を満たすほどの食べ物を蓄えている民など、いるはずもなかった。

とにかく、食べられるものならもう何でもよくなっていた。普段なら臭くて固くて、とても口につけないようなもの――タサン豚の肉の部分も躊躇なく食べたし、屋敷の近場で蛙や虫を見つけようものなら、どんなに怪しいものでもこぞってそれを奪いあった。

それでも、食べ物は足りなくなっていった。長年、大量に食べ続けた彼らの胃袋は普通の人間よりも大きくなっており、簡単に満たしきれるものではなかったのだ。

やがて、屋敷の使用人達の中に『グーラ病』が発現し始めた。毎日一人ずつ、石や鉄を喰らって死んでいく。もはやそれを止める手立てはなくなっていた。

予言の時まで残り半月を切った頃には、屋敷内に太った使用人達の死体がそこかしこに転がっている有様となっていた。

「もはや……これまでかもしれんな」

ムズーリは屋敷内の惨状を眺めながら、謁見の間で一人、椅子に腰かけていた。

グーラ病で死ぬのは一日一人、という制限がある。期限まであと十日ほどだが、屋敷に残っている人間は十四人しかいない。バニカを抜いて十三人として、上手くいけば三人は生き残れる計算となる。

だが、そもそも期限ぴったりにグーラ病が治まる保証もなく、生き残る人間の中に自分や妻が入るかもわからない。ムズーリ自身も、ここ数日間はほとんど何も口にしていなかった。

「お腹……空いたわねえ、バニカちゃん」

メグルがバニカを伴って部屋に入ってきた。空腹からか、それとも精神の乱れゆえか、彼女はずっとふらつきながら室内を彷徨《さまよ》っている。

可哀そうなのはバニカだ。彼女はもう、屋敷内の人間が異様な病に冒されていることを理解できるようになっていた。そのため、両親や使用人達に少しでも食べ物が回るように、もうずいぶん前から自分自身は食事をほとんどとっていなかった。だが、それに対してバニカはまったく不満を漏らすことがなかった。

バニカが生まれた時、いや、彼女が妻のお腹の中に宿った時から、ムズーリは我が子の幸せを祈り、そのためにはいかなることもする心構えでいた。

――それがどうして、こんなことになってしまったのだろう。

「食べないと死んじゃうのに……何か食べるものはないのかしら？」

メグルは独り言を呟きながら、なおも室内を歩き回っている。

彼女もこんなことになる前は、聡明な女だった。エルフェゴート国宰相の息女だったメグルを、ムズーリは一目見た瞬間から惚れ込み、彼女との婚姻を切望した。基本的にベルゼニア帝国とエルフェゴートには国交がなく、その結婚には障害も少なからずあったが、最終的にはなんとか結ばれることができた。

彼女への愛は今も変わってはいない。

それゆえにこんな彼女は見たくなかったが、メグルがこんな風になる原因を作ったのは、他ならぬムズーリ自身なのだ。

メグルはバニカが生まれた時の祝宴で、一度は『バエム』を食べるのを拒絶した。それをムズーリが半ば無理矢理食べさせてしまったのだ。

「あら……？」

メグルは唐突に足を止め、横たわっている侍従の死体の一つに目を落とした。

そのまま、呆けたような顔でずっと死体を見続けている。

そんな彼女の眼を見て、ムズーリは言い知れぬ不安に襲われ始めた。

メグルの、丸々と肥えた死体を見る視線。

あれはまるで――。


「なんだ……まだ食べるもの、あるじゃない」


やはり、そうだ。

メグルは侍従の死体を、まるで豚の丸焼きであるかのような眼で見ていた。

(だが……それはだめだ。それだけはしてはいけないんだよ、メグル)

人間を食べるなど――。

それはもはや、獣か悪魔の所業だ。

「コック長！　コック長はいないの!?」

メグルは大声で部屋の外に向かって呼びかけるが、返事はない。

「まったく……しょうがないわね、自分でやるとしましょう」

彼女は相変わらずフラフラしながらも、ムズーリの前まで歩み寄ってくると、無造作に手を突き出してきた。

「あなた。剣を貸して。刃物が必要なのよ」

ムズーリとしてはもちろん、その申し出に応えるわけにはいかない。

「……駄目だ。それはできない」

「いいから貸してよ」

「メグル、いくら腹が減っているといっても、お前のやろうとしていることは」

「貸　し　な　さ　い　!!」

メグルがムズーリに襲い掛かった。

鬼気迫る表情で、鞘から剣を抜き取ろうとする。

「やめろ！　やめるんだ!!」

ムズーリも必死に抵抗するが、ろくに食事をしていないせいか、力が出ない。それはメグルの方も同様のはずだったか、なぜだか彼女の腕力はいつもよりもずっと強くなっているように思えた。

揉み合いになっている両親を眺めながら、バニカはただ黙って、部屋の隅で震えていた。

——ああ、メグルよ。

お前はもう完全に、狂ってしまったんだね。

いや、お前だけじゃない。

我々は皆、あの日に。

『悪魔の使い』を食べた、あの日に。

取り憑かれていたのだ。

狂っていたのだ。

我々は……。

醜くなってまで生き延びようとしてはいけなかったのだ——。


剣は鞘から抜かれた。

だが、その柄を握るのはメグルではない。

持ち主であるムズーリ自身だった。


そのまま彼は、目の前の愛する妻に、剣を振り下ろした。

タ家。

——一族に流れるベルゼニア皇家の血によって、公爵にまで取り立てられたとも言われるコンチー

その六代目当主であるムズーリ＝コンチータ公爵はこの後、『バエム』の呪いからは無事に逃れることができたそうです。

屋敷で生き残ったのは彼以外には二人。元々『バエム』を食べていなかった娘のバニカと、侍従の中では唯一、ロンという男だけ死なずに済んだのだとか。

大飢饉の後、コンチータ公爵は領主の座を剥奪され、コンチータ領は一時期、ベルゼニア皇家の直轄領となりました。

この領地がコンチータ家の元に戻るのは、それから十五年後。コンチータ公爵が亡くなり、娘のバニカが新たな当主として選ばれた後だと言われています。

……さて、次の料理がやってきたようです。

そちらを味わっていただきつつ、次は成長したバニカの——恋の話でもいたしましょうか。

soup

スープ――キューピット・ホーンのネックスープ

二品目は『キューピット・ホーンのネックスープ』です。

マーロン島に多く生息する羊『キューピット・ホーン』の首の肉を細かく切り刻み、ジャガイモとハーブをふんだんに入れ、さらに隠し味として『ジャコク・ソース』を少々入れて煮込んだものです。

大陸本土ではあまり口にする機会のないスープかもしれませんが、マーロン島ではよく口にされているようですよ。

——え？　知っている？

——そうですか。そちらのお客様はマーロン島出身でいらしたのですね。

今では大陸諸国と統合されてしまいましたが、バニカ＝コンチータが生きていた時代、マーロン島はマーロン国とライオネス国という二つの国が存在し、覇権を争っている最中でした。

情勢はマーロン国の方が優位に立っておりましたが、当時のマーロン国王、カロン＝マーロンはさらなる国力増強のため、エヴィリオス地域の二分の一を国土として有する大国、ベルゼニア帝国との関係強化を図りたいと考えていたようです。

これはベルゼニア皇家も同じ考えでした。一三六年の『ヴェノマニア事件』、そしてそれに関連して起こったカーチェス＝クリムの反乱をきっかけに、ベルゼニアとマーロン両国の繋がりは以前よりも弱くなっていました。それはベルゼニア帝国の支配者、女帝ジュノにとっては懸案事項の一つだったのです。

国家の繋がりを深める最も単純で効果的な手段——それは皇家と王家の人間が婚姻関係を結ぶことでした。

しかしながらその当時、ベルゼニア皇家の未婚者は男性しかおらず、またマーロン王家側の候補者も同様に男子のみでありました。

そこで白羽の矢が立ったのがコンチータ公爵家の令嬢、バニカでした。彼女はベルゼニア皇家の血を引いていました。若くて未婚ということもあり、十五歳になったバニカと同年代のマーロン国の第三王子、カルロスとの縁談話が持ち上がったのです。

不祥事によりベルゼニア国内での地位を失いかけていたコンチータ家としては、この話を断れるはずもありませんでした。

こうしてバニカは初めて生まれ育ったベルゼニアの地を離れ、西の海の向こうにある国、マーロン国へと赴くことになったのです――。


カルロス＝マーロンは不機嫌だった。

――確かに自分は、今のところ王子らしい役目はあまり果たせていないかもしれない。生まれつき病弱なこの身体のせいで、兄達と比べるとろくに公務は果たせていなかったし、剣の腕もからっきし駄目。では勉学の方が優れているのかといえば、そちらもいまいちだった。

しかし自分は三番目の王位継承権を持つ、紛れもないこのマーロン国の王子なのだ。民に媚びへつらってわざわざ人前に姿を出す必要なんてない。戦など、筋肉だけが取り柄の兵士に任せておけばいいのだ。政治学？　マーロンには有能な大臣や政務官が山ほどいるではないか。

おそらく自分が王位を継ぐ可能性は低い……どうせ皆、そんなふうに考えているのだろう。だから兄達ばかりに媚を売るのだ。

そのあげくにこの仕打ちだ。降って湧いたような縁談話。結局、父も母も、そして兄達も、自分の事を道具としてしか見ていない。ベルゼニア帝国との関係強化のため？　そんな事のために俺を売るつもりなのだ——。

「俺は結婚なんてしませんよ」

マーロン城ライトパレス・謁見の間。多数の絵画が飾られ、天井には巨大なシャンデリア。青い絨《じゅう》毯《たん》には金色の刺繍で双頭の竜が描かれている。

奥の樫椅子に鎮座するマーロン国王・カロンは、縁談話を拒絶する意向を示した息子のカルロスを一睨みした。

「……王族としての責を放棄するつもりか？　カルロス」

国王は冷淡な目でカルロスを見下ろしてくる。その口調からは意外にも怒りは感じられなかったが、かといってカルロスの意思を汲むつもりなど、さらさらないのであろう。有無を言わせぬ威圧感が、カルロスの身体にのしかかってきた。

「身体の弱さを不憫に思い、今まではお主の我儘《わがまま》も見過ごしてきた。だが、今回ばかりはそうもいかん。ベルゼニア帝国との繋がり……これは我が国の悲願である、マーロン島統一のためには不可欠な——」

「政略結婚が嫌だ、と言っているわけではないのです。兄達だってこれまでしてきたわけですしね。……しかしいくらなんでも、今回の話は突然過ぎるでしょう！」

「別にいきなり決まったわけではない。前々からあちらの女帝殿とは話していた事だ」

国王の言う『女帝』とはベルゼニア帝国の現皇帝・ジュノの事である。

マーロン国と手を組むことは、全盛期の勢いを失い始めているベルゼニア帝国にとっても有益、という事なのだろう。

「つまり、俺の意向を聞かずに勝手に進めた話、という事でしょう？　そこが気に入らないのです！　さらに言えば、相手は皇家の人間ですらない、配下である公爵家の娘だと言うではありませんか！」

「ベルゼニア皇家には今、未婚の女性がいないと言うのだから、いたし方あるまい。それにコンチータ家と言えばベルゼニア『五公』の一角であり、しかも皇家の血筋を引く一族だ。相手としては決して不足ではないと思うがな」

「『五公』とはいってもコンチータ家は近年になって選出された、成り上がりの一族でしょう？　さらに当主のムズーリは五年前、その悪政を咎められて領主の座を追われたと聞きます。そんな家の娘が相手など……舐められているんですよ、我がマーロン王家は‼」

カルロスの啖呵《たんか》にも、国王はまったく怯《ひる》む様子はなかったが、息子の言うことにも一理あると感じたのか、腕組みをして少し考える仕草を見せた。

「……しかし、これはもう決まった話なのだ。明日にはコンチータ家のご令嬢も海を越えてこのマーロン国までやってくる。何の理由もなく断るわけにはいかんぞ」

「会ってすぐに婚姻の儀を執《と》り行う、というわけではないんですよね？」

「今回は顔合わせだ……余《よ》とてそこまで無情ではない。何かと準備が必要な事もあるしな。その間、お主とご令嬢には交流を深めてもらい、折を見て……というつもりではある」

それを聞いたカルロスがわずかに眼光を鋭くした。

「……ならば、その間にこちらか、あるいは相手側に何か大きな不手際があれば、この話が破談になる可能性もある、ということですね？」

カルロスがどんな事を企んでいるのか、国王にはおおよその予想がついた。

国王は深くため息をついた後、息子を諫《いさ》めるべくこう言った。

「カルロスよ。もしお主が何かしでかしたなら、場合によっては継承権の剥奪もあると心得よ」

「……どうせ俺が王になれる可能性なんて、限りなく低いんでしょう？　なら――」

「継承権を失う――この事の意味が判っておるのか？　つまりはもう、余の息子でなくなる、ということだ。王子でなくなったお主を、この城に住まわせる道理などないのだぞ」

静かな口調ではあったが、これは紛れもなくカルロスに対する脅しであった。

「……じゃあ、どうすればいいんですか？」

「どうもしなくていい。とにかく明日はマーロン紳士らしく、バニカ殿を丁重にお迎えしろ。お主の無礼はすなわち、マーロンの恥。自分がこの国の名誉の一端を背負っている事、常に忘れるでないぞ」

「……」

「もうよい、話は終わりだ。下がれ」

そのままカルロスは、謁見の間から追い出された。

(結局、俺の意向は無視……ってわけか)

カルロスはやはり、不機嫌なままだった。

◆　◆　◆

翌日の昼、予定通りコンチータ家の令嬢とその侍従達がマーロン城へとやってきた。国王とその妻であるミルキセント王妃、そしてカルロスは謁見の間で彼女達を出迎える。

「お目にかかり光栄です。わたくし、コンチータ家の侍従長を務めるロン＝グラップルと申します」

侍従長はまず最初に国王の前に歩み出て跪くと、続いて後ろに控えていた丸々と太っている少女の紹介を始めた。

「こちらがコンチータ家の次期当主となります、バニカ＝コンチータ様でございます」

その言葉に反応し、バニカもその肉付きのいい体を押し出すように一歩前に進み、侍従長と同様に礼儀正しく跪いた。

「こ、この度のお話……まことに嬉しく思っております。不束者ではありますが、何卒よろしくお願いします」

緊張しているのか、その体は小刻みに震えており、挨拶が終わった後も中々顔をあげようとしなかった。

その様子を気遣ったのか、王妃はバニカに対し優しくこう声をかけた。

「どうか、肩の力をお抜きください、バニカ殿。婚姻の話が滞りなく進めば、ここはいずれ貴女の家となるのです。今のうちから寛《くつろ》いでいただいて構わないのですよ」

そう言われてバニカはようやくおずおずとその顔を上げ、前方にいるマーロンの王族達と顔を合わせた。

王妃は微笑みながら頷いたが、バニカの方はというと今度はこんな質問を王妃に投げかけた。

「あのう……私、何か失礼な事をしてしまったのでしょうか？」

彼女は王妃の顔を不安そうに見つめ、続いて不貞腐《ふてくさ》れて横を向いたままのカルロスに視線を移した。

「そちらの御方……ずいぶんと不機嫌なご様子ですので……」

王妃は少し慌てつつも、なお笑顔を崩さぬままバニカにこう答えた。

「ああ……こちらの紹介を先にすべきでしたね。この子がカルロス――貴女の夫となる者です。無愛想でごめんなさいね。貴女と同様、まだ若くて女性に免疫がないから、ちょっと照れているだけなのです」

「この方が……カルロス様」

バニカは立ち上がり、カルロスの方に真《ま》っ直《す》ぐ体を向けると、改めて深々とお辞儀をした。

「は、はじめまして……どうぞ、よろしくお願いします」

カルロスの方はというと、相変わらず横を向いたままバニカと目を合わせようとしなかったが、やがて、

「……よろしく」

とだけ、ぽつりと呟いた。

これまで一言も発さずに成り行きを見守っていた国王だったが、そのやり取りを確認した後に侍従長に向かってこう声をかけた。

「しばらくゆっくりしていくといい。そちらの一行はそなたとバニカ殿、それに……後ろにいるその二人の子供達で全員、ということでよろしいのかな？」

侍従長とバニカのさらに後ろでは、侍従用であろう黒いスーツを着た金髪の少年と、彼によく似たメイド服姿の少女がぼうっとした表情で突っ立っていた。

どちらも、バニカやカルロスと同じ年頃に見えた。

二人の様子に気がついた侍従長が、慌てて彼らを咎める。

「こ、こら！　お前達もきちんと挨拶しないか！」

そう言われて二人はようやく静かに腰を下ろし、気だるそうに跪いてみせた。

まずは少女の方が口を開く。

「アルテと申します」

少年がそれに続く。

「ポロでーす」

侍従長は深くため息をついた後、マーロン王家の面々に対し彼らの無礼を詫びた。

「バニカ様の身の回りのお世話をさせていただいている者達です……申し訳ありません、なにぶん、侍従となってまだ日が浅いものでして……」

だが、国王は怒るどころが、大声を上げてその場で笑い出した。

「ハハハッ、よいよい。若い者が軒並み戦争で駆り出されているせいで、この城にいるのは年寄りばかりだ。彼らのような者達がいた方が、ここも少しは賑やかになろう――さて、では四人分の部屋を用意させるとしよう」

「あ、いや、バニカ様はともかく、わたくしとこの子供達はまとめて一つの部屋で充分でございます」

「そう言うな。どうせ部屋は余っておる。わざわざベルゼニアから離れたこの国までやってきたのだ。この際、存分に羽を伸ばしていくといい」

「ありがたきお言葉。しかし、アルテとポロは目を離すと何をしでかすかわからぬゆえ……やはり、相部屋にしていただいた方が助かります」

「そうか。ならば大きめの部屋を準備させるとしよう。もしもやはりそれでは不足が生じるようであれば、いつでも申すがいい」

国王は横にいた衛兵の一人に声をかけ、ベルゼニアからやってきた客人達の部屋を用意するよう言いつけた。

衛兵はその場で一礼すると謁見の間から出ていく。しばらくすると戻ってきて、バニカや侍従達を部屋へと案内していった。

◆　◆　◆

バニカ達が去った後の謁見の間。

最初に口を開いたのはカルロスだった。

「……ずいぶんと太っているのですね、あのバニカという娘は」

その口調には、明らかな嫌悪感が混じっていた。

しかしカルロスの母親の意見は、彼とは反対だったようだ。

「あら、不満なの？　いいじゃない、あれぐらいふくよかな方が女性としては魅力的だわ。それに、丈夫な子供を産んでくれそうだし」

スレンダーな身体が自慢の母親がそんな事を言っても説得力がない、とカルロスは思った。自らの体躯を管理できないのは、自堕落の証拠だ。顔だけ見ればそれなりに可愛らしくはあったが、母親や兄嫁達と比べると、明らかに肥え過ぎている。バニカが自分の妻となったとしたら、また兄達は自分の事を馬鹿にすることだろう。

彼女はベルゼニア皇家の血を引いているという。ベルゼニア帝国には子供の頃一度行ったきりだったが、確かに女帝ジュノを始め、あの皇家の人間は皆バニカのような体型だった気がした。

あの肥満体は血筋なのだろうか？

国王がコホンと一つ咳ばらいをし、厳しい目でカルロスを睨み付けてきた。

「昨日、余が言ったことを理解できていなかったようだな、お主は」

ああ、また小言か……。カルロスはうんざりして、反抗的な口調でこう答えた。

「仰る意味がよくわかりませんが」

「余は『バニカ殿を丁重にお迎えしろ』と言ったはずだ。なのになんだ？　先ほどの態度は。失礼にもほどがある」

「無礼なのは向こうの方でしょう。マーロン家に嫁入りしようという人間が、たった三人の侍従しか連れてこないとは。しかもそのうち二人はガキときたもんだ」

「今回はあくまで顔合わせだ。婚姻が正式に決まれば、向こうとてもっとそれなりの準備をしてくることだろう。それに子供とはいうが見たところお主と同じ年くらいではないか。遊び相手としては丁度よいであろう？」

あんな生意気そうな奴らと遊ぶことなど、カルロスとしては御免《ごめん》こうむりたかった。

「あいつらのことだけじゃない。あのバニカとかいう娘の父親――コンチータ家の当主はなぜ来ないのです？　まず何より当主がやってきて挨拶するのが筋なのではないですか？」

やはり我がマーロン王家はベルゼニアの連中に下に見られている、という思いがカルロスにはあった。本来ならば自分ではなく、国王自身があいつらに指摘しなければならないことなのだ。

しかし国王は首を横に振って、コンチータ家の当主をかばうようなことを口にしたのだ。

「コンチータ公爵は病弱気味で今は床に伏せっていると聞く。そんな方に長旅を強いるのは酷というものだ」

――情けない。マーロンはベルゼニアの属国ではないのだぞ。なぜそこまで卑屈になる必要がある？

カルロスは玉座に腰かけたままの国王の前方に回り込んだ。

「王としての誇りをお持ちください。現状ではまだ向こうの方が国力は上かもしれない。しかし、だからといって気を遣ってばかりでどうするのですか？　そんな弱腰では、とてもマーロン島の統一な

「そんな事、お主に言われんでもわかっとる!!　どー——」

カルロスの熱弁は国王の激昂によって中断させられた。

王妃は半ば呆れ顔であさっての方向を向いてしまっている。カルロスと国王の口喧嘩はもはや日常茶飯事だった。下手に口を挟んでも余計に話をこじらせてしまうことを彼女はよくわかっていたので、こういう時は我関せずを決め込むことにしていた。

カルロスが再び国王に反論しようとした時、部屋の入り口が開いて再びあのコンチータ家の侍従長が入ってきた。

「申し訳ありません。どうやら我々のせいで、カルロス王子のご気分を損ねてしまったようです」

彼はどうやらカルロス達の言い争いを外で聞いていたようである。

謁見の間に流れる不穏な空気を変える良い機会だとばかりに、王妃は侍従長に対して笑いながら声をかけた。

「あなたは先ほどから謝ってばかりね。いいのよ、この子が言っている事はただの我儘なんだから」

しかしながら侍従長は下げた頭をあげようとしないまま、続いてこんなことを言い始めたのである。

「しかしながら、わたくしも長年コンチータ家に仕えてきた身。バニカ様の名誉のためにも、いくらかの弁解をさせていただきとうございます」

もし今回の話が破談になれば、おそらく彼にも責任が及ぶのだろう。

(どうやらこの男は、何とかこの縁談をまとめたくて必死なようだな)

カルロスとしては別に侍従長に同情する気など起こらなかったが、話の通じない頑固者だと他国の人間に思われるのもしゃくだった。

いいだろう、弁解ぐらいは聞いてやろうじゃないか。

「わかった。話してみろよ」

カルロスは再び国王の座る玉座の横位置に戻った。

「ありがたき幸せ。では――我がコンチータ家が五年前、領主の座を追われたことはすでに聞き及んでいる事かと思います」

「ああ、まあな」

カルロスはそう答えたが、理由まで詳しく知っているわけではなかった。ベルゼニアの女帝は自らの国の不祥事を決して表に出そうとはしないことで有名だ。さすがに『五公』の一角が領主でなくなったことまでは隠しきれず、マーロン国にもその情報は入ってきていたのだが。

「それゆえに、当主であるムズーリ様には色々とよからぬ噂が立っているのも事実です。しかし真実を申すならば、これはムズーリ様――いえ、あの家に住む人間がとある難病に冒されてしまったのが悲劇の始まりだったのです」

「病――？」

「この病の治療には大量の食物が必要でした。それゆえに幼い頃のバニカ様は苦労なされました。食べたくもない食事を強制的に口に含まされ――あのようにふくよかになってしまったのも、病ゆえなのです」

「まあ、それはお可哀想に……」

王妃が素直に同情の視線を侍従長に向けた。

しかし実のところ、侍従長は多少の嘘をついていた。屋敷の人間が『グーラ病』になったのは確かに本当の事だが、バニカだけはその病にかかってはいなかった。バニカが食事を強制されたのはおかしくなってしまった母親の虐待によるものだったが、それを伏せるために侍従長はバニカも病気になっていたことにしたのだ。

だが、王妃を始めとしてマーロン王家の人間は彼の嘘を見抜けずに、その話を全て信じ込んでしまっていた。

「食物の確保のために、ムズーリ様は民に重税を課さざるを得ませんでした。それを最終的には皇帝陛下に咎められ、領主の座を追われることになってしまったのです。唯一の救いは公爵の地位だけは慈悲により奪われなかったことでしょう。今回のご縁談も、皇帝陛下がコンチータ家再興のきっかけをお与えになってくださったのかもしれません」

国王が身を乗り出し、侍従長にこう尋ねた。

「その病というのは、今はもう治ったのか？」

マーロン王家に嫁入りする者が、難病持ちというのではどうにも具合が悪い。病気が具体的にどんなものかはわからないが、もし子供が産めない身だとしたら、さすがにこの結婚を許すわけにはいかないのだ。

国王はその事を危惧していた。

しかし侍従長はその問いに対し、笑顔でこう返してきた。

「はい。今ではバニカ様の身体には何の異常もございません。なのでご心配なく」

「子も産めるか？」

「もちろん」

そこで侍従長は、少しだけ顔をしかめた。

「――しかしながらムズーリ様の方は、長年の心労がたたって今度は別の病気にかかってしまわれました。もはや再び領主の座に戻ったとしても、そのお役目を果たすことは難しいでしょう――バニカ様だけが、我がコンチータ家にとって最後の希望なのです」

侍従長の目は真剣そのものだった。

その態度に王は感嘆し、椅子に深く腰掛け直すと彼に賛辞の言葉をかけた。

「コンチータ公爵は、とても良い侍従を持ったようだな」

「ありがとうございます――病気のせいもあって、バニカ様は幼少時、ずっとご友人もできずお一人でした。双子のアルテとポロ……バニカ様と年の近いあの二人を侍従として雇ったのは、バニカ様にとって友人代わりになればと思ったからです。おかげで内気なバニカ様も最近では少しだけ明るくなられました」

カルロスは侍従長の話をずっと黙ったまま聞いていたが、バニカの身の上を聞くにつれ、彼女に多少の共感を持ち始めていた。

カルロス自身も幼い頃から体が弱かった。今だって懐の中には王家に伝わる黄金色の秘薬を携えているのだ。発作が起きた時、すぐに飲むことができるように。

友達もずっとできなかった。兄達の周りにはいつだって人が集まっていたが、カルロスだけはそうではなかった。病弱なせいであまり外へ遊びに行けなかったし、何より同年代の子供達はカルロスと価値観の合わない、愚か者ばかりだった。少なくともカルロスはそう思っていた。だからカルロスは一人でいる方が好きだったし、周りもやがて彼には近づかなくなっていった。

一人でいたかったが、その反面、一人でいることが寂しくもあった。そのことにカルロスが気づいた時、もう誰も彼と仲良くしてくれる者はいなくなっていたのだ。

バニカは――どうだったのだろう？　彼女もやはり寂しかったのか、それとも孤独を楽しむような子だったのだろうか。

侍従長の話はなおも続く。

彼はカルロスの方に身体を向けて、改めて頭を下げた。

「カルロス王子。失礼ながら貴方はこの縁談に乗り気ではないのかもしれません。しかしどうかコンチータ家を――いえ、バニカ様を見捨てないで欲しいのです。わたくしは、どうしてもあの方に幸せになっていただきたいのです」

それはそっちの都合だろう、俺には関係ない――そうカルロスは答えるつもりだったのだが、口から出てきたのはまったく違う言葉だった。

「……なんとも言えんな。俺と彼女は今日初めて会ったばかりだ。バニカがどのような女性なのか、マーロン王家に嫁ぐのにふさわしいか、これから俺自身の目で判断する」

侍従長はそれを聞いて、顔に満面の笑みを浮かべた。

「それでようございます。わたくしが言うのもなんですが、バニカ様は穏やかで優しい、素晴らしい方です。きっとカルロス様もお気に召すことでしょう」

「こっちがよくても、向こうが俺をどう思うか、というのもある」

「それならご心配ないかと思います。わたくし、バニカ様の事を生まれた時から存じております。だからわかるのです。彼女はもうすでにカルロス様に好意を抱いている、と」

「俺があんな態度をとったのにか？」

「だからこそ、かもしれません。バニカ様は強気な——自分を引っ張ってくれるような男性が好みなようです」

それを横から聞いていた王妃が、無邪気にはしゃぎだした。

「あら、よかったじゃないカルロス。なんならすぐに結婚式あげちゃう？」

「茶化さないでください。言ったでしょう。彼女についてはこれから俺が判断すると——父上もそれでいいですよね？」

カルロスと王妃、それに侍従長が同時に国王の方を見た。

国王は「うむ」とひとこと言って頷いた。

「余は最初からそう言っておる」

カルロスは侍従長に近づき、肩に軽く手を置いた。

「決まりだ。ロンとかいったな、今日は彼女にゆっくり休んで旅の疲れを癒すよう言ってくれ。明日になったら城下町の案内でもしてやることにしよう」

「はい。バニカ様もきっとお喜びになるでしょう……それとこれは、差し出がましいお願いになってしまうのですが……」

「なんだ？」

「アルテとポロを同行させても構わないでしょうか？　バニカ様はあの二人と離れるのを嫌がるので……」

「……いいさ。どうせこちら側も侍従を連れて行くつもりだったしな」

少しだけ、カルロスの表情がまた不機嫌なものに変わった。

◆　◆　◆

次の日になってカルロスとバニカは、それぞれの侍従達及び護衛兵を伴って王都バリティへと繰り出した。あの侍従長だけは旅の疲れで熱を出したとかで、その日は城で休んでいることになった。

第三王子が町に現れたことで少しだけ町民達がざわついたが、別に公式の行事というわけでもなく、護衛達がしっかり誘導を行っていたのでさしたる混乱も起こらなかった。

物珍しそうに辺りを見回すバニカに、横に並んで歩いているカルロスが話しかけた。

「バリティは気に入ったか？」

「……そうですね。もう少し日が照っていれば、また違った印象なのでしょうね」

空には一面、灰色の雲が広がっていた。だがバリティでは特に珍しい事でもない。

「ベルゼニアがどうかは知らないが、この町はいつもこんな感じだよ。晴れることの方が少ないんだ」

カルロスがそう説明したが、バニカはそれに関しては大して興味がなかったようで、ただ淡々と「そうなのですか……」とだけ答えた。

陰気な女だな――カルロスは率直にそう思った。やたらと陽気で騒がしいのは品がなくてもっと嫌だが、こう無口でいられるのも少々困る。カルロス自身、あまり話し上手というわけではないから、余計に。

「どうやら、あまりこの町をお気に召していないようだな」

次の会話の切り出し方に困った末、カルロスの口から出たのはそんな皮肉めいた言葉だった。実際に、バニカは街並みに興味を抱いているようだったが、楽しんでいるようにはとても見えなかったのだ。

バニカは何も答えられずに、口ごもったままだった。その態度にやや苛ついたカルロスは、少し強い口調で彼女にこう迫った。

「正直に言え。俺は嘘が嫌いだ」

バニカは一瞬怯えるような目をしたが、やがて口を開いた。

「……はい。正直、なんだか陰気な感じがして。もしかしたら空が曇っているから、そう感じてしまうのかもしれないですけど」

「本当に正直に答えたな。結婚するかもしれない相手の住む町に対して『陰気』とは……」

「す、すみません……」

バニカがあまりにオドオドしているので、カルロスはなんだか自分が彼女を苛《いじ》めているような気分になってしまった。

気まずさから、カルロスは少しフォローを入れることにした。

「いや、そう感じたのは間違いじゃないかもしれないぞ。マーロンは今、隣国と戦争の真っ最中だからな。若い働き手を軍隊にとられて、残った老人達も皆気が立っているのさ。それで町全体が少しギスギスしている」

「戦争……嫌ですね。人間が傷つけ合うなんて」

「別に誰もが、好きで殺し合っているわけじゃない。でもな、世の中にはどうやったって価値観の合わない奴らが存在するんだ。マーロン国の民にとってはそれがライオネスの連中なんだ。あいつらは皆下品で野蛮、そして礼儀知らずだ。奴らに話し合いなんて通じはしない。それができていればマーロン島はもう何百年も前に統一されていたはずさ。でも実際にはいまだに二つの国はお互いに憎しみ合い、殺し合っている。ライオネス国に捕らわれた兵士は皆ブラッドプールの時計塔に閉じ込められ、そこで凄惨《せいさん》な拷問を受けた上で殺されているとも聞く。そんなことはもう止《や》めさせなけりゃならない。ライオネス国に正義の鉄槌を下し、マーロン島に平和を取り戻さなくては――」

カルロスは思わずバニカに対して熱弁を振ってしまっていることに気づき、途中で言葉を止める。

こういった血なまぐさい会話を好む婦人などいるわけがない。バニカに嫌われるどうこうではなく、女性への気遣いができない男だと思われるのがカルロスは嫌だった。

しかしバニカは特に嫌悪感を表に出すことなく、ただ純粋な目でカルロスを見つめ、こんな質問をしてきたのである。

「ではカルロス様も、いずれは前線に？」

剣技も兵法も駄目なカルロスが戦いの場に赴けるはずもない。だがカルロスは見栄を張ってこう答えた。

「いや……俺は野蛮に剣を振るうのは嫌いでね。それに王族が先頭に立って兵士を鼓舞するなんてのは古いやり方だ。いくら戦いに勝っても大将が死んでしまったら、なんにもならないではないか。戦争が終わった後には、新たな国をつくっていくことを考えなけりゃならない。その中心に立つべきなのは王族なんだぞ？」

その言葉に対しても、バニカが疑いの目を向けることはなかった。

「マーロン島統一の悲願……叶うといいですね」

ただぽつりと、そう呟いた。

彼女だって当然、わかっているのだろう。自分達の縁談がそのための手段の一つであることを。

「バニカ、お前には何か夢があるのか？」

ふと、そんな言葉がカルロスの口から出た。

あの侍従長と同じく、コンチータ家の再興だろうか――それをちょっと確かめてみたいと思ったからである。

だが、バニカの答えは少し意外なものだった。

「そうですね……私は、世界中の美味しい食べ物をなるべくたくさん、食べたいです」

「ハァ？　なんだそれは？」

そんな事を言っているから太るんじゃないか――そう続けてしまいそうになり、慌ててカルロスは口をつぐんだ。いくらなんでもそれは失礼すぎる言葉だ。

「私、子供の頃、あまり自由に食事をとることができなかったから……その反動なのかもしれないですけど、今、自分で食べるものを自由に選べることが嬉しくて仕方ないんです。最近になって、食事とはただ生きるためではない、楽しむものなのだということを知りました」

どうやらバニカは、ふざけて言っているわけではなさそうだった。その生い立ちゆえ、食事に対する概念がカルロスとは随分違うのだろう。

ただ、カルロスとしてはバニカのその考えには全面的な賛成をするわけにはいかなかった。

「俺が言うのもなんだが、それは貴族の特権だぞ」

平民のほとんどは、いちいち食べるものを好みで選んでなどいられない。基本的には生きるための糧《かて》を得るのに精一杯なのだ。

「そうですね……だから私は、もっと多くの人が食事に困らず、食べることを楽しめるような――そんな方法がないものか、いつも考えているんです」

貴族の令嬢らしくない、ずいぶんと面白い考え方をする子だな、とカルロスは思った。

(食べ物の事を話していたからだろうか、なんだか腹が減ってきたな)

カルロスは護衛と侍従達に号令をかけた。

「そろそろ城に戻るぞ」

城では夕食の準備もできている頃だろう。

◆　◆　◆

国王と王妃、それにカルロスの兄達は公務のために北西のチェスタに赴いていて城には不在だった。

（また俺だけ置いてけぼりか）

子供の頃とは違い、カルロスの体調は遠出ができないほど深刻なものではなくなっていたが、よほど重要な公務でない限り参加しないことが半ば慣例化していた。

そのため、この日の食事はバニカと二人きりでとることになった。

彼女の侍従達の食事は別室に用意させていたのだが、カルロスとバニカが料理に口をつけ始めた直後、双子がやかましく二人の部屋に駆け込んできた。

まず口を開いたのは女の子――アルテの方だった。

「大変だ、バニカ様！　ここの料理、クソマズいよ!!」

続いて男の子の方――ポロがなだめるようにアルテに言う。

「だめだよアルテ。そんなこと言っちゃ。ただちょっと、味が薄いだけじゃないか」

「薄いなんてもんじゃないわよ。これ、調味料使ってないんじゃないの？　なんか木の皮でも食べてるみたい。うわ、最悪だわこれ、うっわ」

「まあ、確かにかなり微妙な味だけど！　というかほとんど味しないけど！　腹が満たせればそれでいいじゃん!!」

「だからアンタは駄目なのよ！　料理は量より質よ!!　こんな豚の餌みたいなものを食べさせられて
……バニカ様、これは戦争よ！　戦争しかないわ!!」

カルロスは部屋の前に立っていた衛兵を呼び、無言のまま目で指示を送った。衛兵も同様に無言で頷き、なおも騒ぎ続けているアルテとポロの背後に立つと右腕でアルテ、左腕でポロを抱え、そのまま退室していった。

「……すみません。礼儀のなっていない子達で」

バニカが恥ずかしそうにカルロスに謝罪する。

「本当だな。あとであの侍従長にきつく言ってもらうことにしよう。というかあの二人、この国についてから食事をとっていなかったのか？」

「どうも船上でお菓子を食べすぎたみたいで……怒ったロンが昨日の夕食と今朝の食事を用意させなかったみたいです」

「それで腹を空かせていたところに、用意された食事がまずくて文句タラタラってわけか」

「本当にすみません……」

「もういいさ」

自分が日頃食べている料理を非難されるのは気分のいいものではなかったが、人それぞれ好みというものがある。そんな事でいちいち腹を立てるほどカルロスは狭量ではなかったし、そう思われたくもなかった。

　カルロスはふと、バニカの意見を聞きたくなってみた。彼女は出された料理に対して特に感想を述べずに黙々と食べていた。しかし、食事好きのバニカであれば思うところがあるはずだろう。

「ところで君の意見はどうなんだ、バニカ？　あの双子と同じか？」

　カルロスが聞くと、バニカは一旦《いったん》ナイフとフォークを置いた。

「そうですね……」

　しばらくの間、どう答えればよいか悩んでいる様子だったが、やがて覚悟を決めたように口を開いた。

「……正直なところ、ベルゼニアの料理と比べてだいぶ薄味なのは確かです」

「ほう、そうか。俺としてはこれが普通なんだがな」

「しかしこれは国民性や文化の違いもあるのかもしれません。ベルゼニアには古くから東方発祥の香辛料や調味料が流通していますが、マーロンの料理にはそれらをほとんど使用していないと聞きますから」

　香辛料……確かにそのようなものを料理に使っているという話を、カルロスは聞いたことがなかった。無論、それはカルロスがさして料理に興味がないために、知らないだけかもしれないが。

「じゃあ、その香辛料とやらを使えばもっと料理が美味くなるのか？」

　カルロスの問いに、バニカは少し首をかしげてみせた。

「どうでしょう……カルロス様の仰ったように、マーロンの方はこの味に慣れてしまっていると思いますので、下手に香辛料を使い過ぎると、逆にくどい味だと感じてしまうかもしれません。ですから、基本の薄味を保ちつつ旨味を引き出すには香辛料、あるいは調味料の種類と分量の吟味が必要となるでしょう」

なるほど、この女性の食べ物に対するこだわりは、どうやら本物のようだ。カルロスは少しだけ感心した。

さらにバニカはこれまでの無口な態度とは打って変わって、食べ物の事となると途端に饒舌になった。

「もしかしたら、これを使ってみるといいかもしれません」

ふいにバニカは、懐から黒い液体の入った小瓶を取り出した。

「なんだ、その液体は？」

「『ジャコク・ソース』。ベルゼニアでもわずかな量しか流通していない、東方秘伝の調味料です。これをほんのわずか、一滴だけスープの中に入れてみてください」

言われるがまま、カルロスは受け取った小瓶の中に入った液体をスープに入れた。毒味をしていないものを口に入れてよいものか、とも考えたが、彼女の用意したものならば大丈夫だろうと、カルロスはなぜかそう思った。

実際にスープを飲んでみると、確かにこれまでとはまったく違う。

単純な言葉で言うのならば……非常に美味い。

「少し入れただけで、一気に味がまろやかになった。喉へのちょっとした刺激も心地いい」

スプーンではなく、両手で皿を持って一気に口に流し込みたくなる衝動に駆られるほどの、癖になりそうな味だった。

「お気に召していただけたようで、よかったです」

バニカはカルロスの感想を聞くと、本当に嬉しそうに微笑んだ。

カルロスにはその笑顔がとても可愛らしく見え、慌てて目を背けてしまった。

それをごまかすように、カルロスは話を調味料へと戻した。

「……その調味料、いつも持ち歩いているのか？」

「『ジャコク・ソース』は魔法の調味料なんです。これを入れればほとんどの料理に新たな世界をもたらしてくれます。これ以外にもあと二つ、どこに行くにも肌身離さず持っている調味料があるんですよ」

その残り二つ、というのもどんなものか気になった。カルロスが素直にそれを訊ねると、バニカは少しだけ悪戯っぽく笑った。

「フフ、ではまた明日の食事の時にでも。ごちそうさまでした」

彼女はいつの間にか食事を全て食べ終えていた。

◆

◆

◆

月日が経つにつれ、カルロスはバニカと過ごす時間が楽しく感じるようになっていった。

バニカの話はそのほとんどが食べ物に関するものだったが、大陸にほとんど足を踏み入れたことのないカルロスにとって彼女の話す内容はとても新鮮だった。

さらにバニカが食べ物の事を話す時、それがあまりにも緻密で臨場感にあふれるものであったため、カルロスは見たことのない料理の事を容易に頭の中で想像することができたし、食欲をふんだんに刺激された。食事に大して関心のなかったカルロスの認識を色々と改めさせ、いつか機会があったら大陸に渡り、彼女の話した料理を実際に口にしてみたい――そう思わせるには充分すぎるほどだった。

大陸に渡る時にはやはり料理に関する専門家が必要になるだろう。料理の素材、調理法、由来……知識があるのとないのとでは、食の楽しみ方が格段に違ってくるはずだ。ではその適任者は誰か――バニカ以上に料理に詳しい者などいるはずがない。

バニカと大陸を旅するのも悪くないかもしれない。彼女も大陸に存在するベルゼニア以外の国――アスモディンやエルフェゴート、それに最近建国したばかりの神聖レヴィアンタなどには足を踏み入れたことがないという。それらの国にもまた独自の料理文化があることだろう。

どうせ自分には王になれる機会など巡ってはこないだろうし、子供の頃、外に出られなかった分、思いきり羽を伸ばしてみたい気持ちもある。体調だって昔よりはだいぶましになってきた。薬さえ携帯しておけば、旅先で倒れるなんてこともないだろう。

バニカと一緒に国を巡るのは楽しそうだ。彼女は活発なタイプではないが、傍にいてくれるだけでなんだか安心できる。それは彼女が料理に関する話術で、カルロスを飽きさせないからかもしれないし、カルロスがつい口にしてしまう嫌味めいた言葉にも怒ったり反論したりしない穏やかさを持っているからかもしれない。あるいは、単純にあのふくよかな体型のせいなのかもしれなかった。

まあ、二人だけで旅をするというのは実際には難しいだろう。あのうざったい双子の侍従は間違いなくついてくるだろうし、カルロスの方だってさすがにお供なしで国を出ることは許されないだろう――。

（――何を気の早い。まだ俺達は、婚約すらしていないというのに）

年が明けたら、本格的に婚姻の儀への準備を始める予定だということを、カルロスは国王から告げられていた。まだ明確な返事はしていなかったが、もうカルロスにバニカとの結婚を反対する気持ちはなくなっていた。

（政略結婚――きっかけは何だっていいさ。俺はバニカの事を嫌いじゃない。バニカだってきっとそうだ。彼女は最初の頃よりもよく笑ってくれるようになった）

……少しだけ気になるのは、バニカが最近、時折どこか疲れたような表情を見せる時がある事だった。それに――これは必ずしも悪い事ではないのかもしれないが――前より少し痩せた気がする。

彼女はだいぶ長い期間マーロンに滞在している。もしかしたら少しホームシックにかかっているのかもしれない。

◆　◆　◆

翌年になり、ベルゼニア帝国の女帝ジュノがマーロン国にやってきた。これはマーロンとベルゼニアの同盟関係を再確認するためにマーロン国王と会談を行うためだったが、同時にカルロスとバニカの婚約を正式に決定するためでもあった。

会談自体はほんの数時間で終わった。ライオネス国との戦争に勝利するために必要な援助の内訳、貿易制限の撤廃などが話し合われたようだったが、カルロスはその場に同席していなかったので具体的な内容についてはわからなかった。

夜にはマーロン城にて会食の場が設けられた。参加したのはマーロン国王と王妃、カルロスと二人の兄、女帝ジュノ、ベルゼニア帝国の大臣が数名、そしてバニカだった。

「本来ならばこちらからベルゼニアに出向かなければならぬところを……わざわざお越しいただき、ありがとうございます」

会食が始まり、料理が次々と運ばれてくる中、王妃は女帝に対し深々と頭を下げた。

女帝は巨大な身体と二重になったアゴの肉を大きく揺らしながら「ホッフォホ」というくぐもった笑い声を上げた。

「いえいえ。ライオネス国と戦争中の状態で、国王がむやみに国外に出るわけにもいかぬでしょう。それに、バニカ嬢の縁談の事もありましたし」

女帝は食前酒を飲みながら、自分の二つ左の席に座っているバニカを見た。彼女はいつも以上に緊張した面持ちで俯《うつむ》いている。

女帝はなおも上機嫌に前菜のサラダをフォークで突き差し、それを口の中に放り込むと、一方的に話を続けた。

「そろそろ婚姻の儀の正式な日取りを決めてもよい頃でしょう。わたくしとしては六月頃が良いかと思っておりますが――ああ、せっかくだから盛大にやりましょう。ベルゼニアからも『五公』をはじめとした重臣達を引き連れて――でも彼は来られるかしら？　来るに決まってるわよね、娘の結婚なんだし――」

そんな調子で勝手に婚姻の儀の話を進めていく。

この話が破談になる可能性など、微塵も考えていないのだろう。

「——あなたもそれでいいかしら？　カルロス王子」

ふいに女帝から話を振られた時、カルロスは『キューピット・ホーンのネックスープ』をスプーンで一口分すくって、それを口に運ぼうとしていたところだった。

「……はい、それでいいと思います」

やはりちょっと味が薄いな、前はこれで満足していたのに、などと考えながらカルロスは女帝の問いに答えた。

女帝の絶え間なく続く会話の嵐が一瞬途切れた時を見計らって、国王は彼女に話しかけた。

「儀式はマーロンで行うという事でよろしいですかな？」

「え？　ああ、ええ、それが道理でしょう。もちろん婚姻の儀、民へのお披露目、それらにかかる費用はこちらも援助させていただきます」

こっそりバニカからあの『ジャコク・ソース』を借りてスープに入れてしまおうか？　いや、さすがにこの場でそれはまずいか——カルロスは心の中でそう思案しつつ、場に流れる会話に耳を傾けていた。

女帝の話はなおも続く。

「バニカの父も喜ぶことでしょう。マーロン王族の妻となる者の家が無領地というのも具合が悪い。頃合いを見て、彼の復権も考えねば——」

「失礼いたします、カルト王子」

女帝の話を遮ったのは、空気の読めない軍将校の男だった。

鎧を身にまとい、薄汚れた布の袋を持った彼は突然食卓に現れると、カルロスの二番目の兄――軍の指揮官でもあるカルトの元に歩み寄っていった。

「なんだ？　今は食事中だぞ」

そう言いながらもカルトはすぐに将校を追い払おうとはしなかった。彼は内心、止まらない女帝の話にうんざりしていたのだろう。これ幸いと将校の報告を聞くことを口実に、会話から抜け出そうとした。

将校は姿勢を正しながら、カルトに自分がここにやってきた理由を話し始めた。

「お食事中に申し訳ございません。しかし、例の魔道師を先ほどミドルタワー地下の牢獄に収監しましたので、そのご報告だけでも、と――」

だが、その報告が女帝の耳にも届いてしまったらしい。

「魔道師？」

興味を持ったのか、彼女は身を乗り出して、将校とカルトをじっと見つめた。

「この島にも魔道師がいるの？」

カルトは観念したように女帝の方に向き直り、説明を始めた。

「ええ。ライオネス国の貴族、ヘッジホッグ卿に仕えているという怪しげな男です。先日、運よく前線で捕らえることができましたので、取り調べのためにここバリティまで連れてこさせたのです」

「男……じゃあわたくしの知っている魔道師とは違うわね」

「ジュノ様もどなたか魔道師をご存じなのですか？」

「ええ。ベルゼニア皇家とはそれなりに縁が深い魔道師よ」

「そうですか……我々が捕らえた男は本物の魔道師かどうかまだわかりません。しかしヘッジホッグ卿はライオネスの二軍を率いる将軍でもあります。彼の情報を得ることができれば戦争をより優位に進めることができましょう」

将校は持っていた布の袋から、細長い剣のようなものとガラス細工の食器を取り出し、カルトに見せた。

「あの『エイビーシアー』とかいう魔道師、このような奇怪なものを持ち歩いておりました」

「ふむ、ずいぶん奇妙な形の剣だな。それにこれは……ワイングラス？」

それを見た女帝がさらに身を乗り出し、彼女の三段腹がどっしりと机に乗っかる体勢になった。

「なになに？　もしかしてそれ、魔術の道具じゃない？」

一方、カルロスはそれらの話には大して興味がなく、相変わらずバニカから『ジャコク・ソース』を借りるかどうかを悩んでいた。

カルロスはちらりとバニカの方を見た。するとバニカもまた女帝と同様、将校の取り出した道具をじっと見つめていたのである。

女帝のように身を乗り出したりはしていなかったが、その目は真剣そのもの――というよりは、何かに取り憑かれたように焦点が合っていないようにすら見えた。

（魔術に興味でもあるのだろうか？）

カルロスは不思議に思った。そんな話、バニカ本人からは聞いたこともなかった。

だが二人はまだ知り合ってから一年も経っていないのだ。まだカルロスの知らないバニカの顔があったとしても、それは別におかしなことではない。

「もうよい。繰り返すが今は会食中なのだ。下がれ」

女帝がすっかり興味津々な様子なので、カルトは早々にこの話を切り上げるべく、将校をその場から追い払った。

将校が去り、彼の持ち込んだ道具がその場から無くなっても、バニカはまだどこか呆けた様子のままだった。

◆　◆　◆

その後も女帝はひたすら喋りつづけ、王妃がそれに適当に相槌を打ち、国王が合間を縫って一言二言何かを喋り、カルトは女帝に話題に巻き込まれる度に引きつった愛想笑いを浮かべ、一番上の兄であるカークはただ黙々と食事を続けていた。カルロスも同様に無言で出された料理を食べていたが、魔道師の道具を見てからずっとどこか様子がおかしいバニカのことが気になって仕方がなかった。

そうこうしているうちに、会食は終わろうとしていた。

「ごちそうさまでした」

女帝はそう言ってナイフとフォークを置いた。

彼女の前にある料理は半分以上が残されたままだった。

「おや？　あまり食べておられぬようですが」

王妃がそう指摘する。女帝は最初の内こそ、そのお喋りと同様に勢いよく食事を平らげていたが、次第に食べるペースが落ちていき、最後の方ではほとんど出された料理に手を付けていなかった。

「ああ……いえ、どうも今日は食欲があまりわかぬようで」

女帝は気恥ずかしそうに答えた。

(もしかしたら料理が口に合わなかったのかもしれないな)

そんなふうにカルロスは思った。女帝もバニカや双子の侍従同様、ベルゼニアの人間だ。マーロンの薄味な料理が彼女のお気に召さなかった可能性は高い。途中まではそれでも無理して食べていたのだろうが。

「そうですか。まあ旅の疲れもあるでしょうからな」

国王は女帝の気持ちにはまったく気がついていないようだった。

続いて王妃が自らの食器を手元に置く。

「私もごちそうさま」

「お前も残しておるではないか」

今度は国王がそう王妃に指摘した。彼女もまた、料理を残していた。

「だって今日の食事、やたらと量が多いんですもの。こんなに食べきれないわよ」

「それもそうだな。余ももう腹一杯だ」

国王は妻の弁解に納得し、自分も料理を残した。

カルロスの兄達も三人ほどではないが、いくらか皿に食べ物を残していた。カルロスは何とか全部平らげたが、確かにいつも以上に腹が膨れている。コックが張り切って作りすぎたのだろう。

バニカも全て食べきっていた。相変わらず様子が少し変だったが、食欲はあるみたいだから体調が悪いわけではなさそうだ、とカルロスは少し安心した。

「では、食器をお下げします」

召使達が食卓に近づき、残った料理が乗った皿を片付け始めた。

その中にはあの双子や、侍従長のロンもいる。彼らはバニカの世話だけでなく、マーロン城の侍従達の手伝いをする事もあった。おそらく今日も人手が足りずに駆り出されているのだろう。

侍従長はベテランらしく、慣れない職場でも動じることなく淡々と用件をこなしていた。双子達も、その騒がしさに反して意外にも仕事はテキパキとこなしているようだった。

バニカは食事を下げ続ける双子の様子をじっと見つめている。

やはり二人が心配なのだろうか――そうカルロスは思っていたが、よく見ると彼女が見ているのは双子ではなく、その手元だということに気がついた。

バニカは彼らの持っている食器に乗った残飯を眺めているのだ。

やがて彼女は双子だけでなく、他の配膳係が運んでいる皿もキョロキョロと見渡し始めた。

「なあバニカ、どうかしたのか？　お前さっきから、ちょっと変だぞ」

たまらずカルロスはバニカに声をかけた。彼女はいつだって食事の時は礼儀正しかった。こんなバニカの様子を見るのはカルロスにとって初めてだったのだ。

「……もったいない」

バニカはカルロスには目もくれず、下げられていく食事を見続けてながらそう呟いた。

「え？」

言葉の意味がわからず呆気にとられているカルロスを尻目に、バニカは視線を落として今度はまだテーブルの上に残っている料理を見回した。

「……食べなきゃ、全部……食べなきゃ!!」

バニカはフォークを摑んだまま身を乗り出し、テーブルの右前に置かれていた半分だけのステーキにフォークを突き刺した。

そのまま手元に引き寄せると、肉の塊を一気に口の中に流し込んだ。

ステーキはカルトが残したものだったが、半分だけとはいえその大きさはなかなかのものだった。とても女性が一口で食べられるものではなかったのだが、バニカはそれをいとも簡単に呑み込んでしまったのだ。

「な、何をしている!?」

カルトはバニカの行動に対し怒るというよりは、ただただ驚いていた。一体何が起こったのかさえ、完全には理解できていなかったのだ。

続いてバニカはさらに身を乗り出し、先ほどのステーキのさらに右奥に置いてあった、デザートのプディングを皿ごと奪い、まるで飲み物であるかのように瞬時に吸い込んでしまった。

これを残したのはマーロン王家の長兄、カークだ。彼は甘いものが少しだけ苦手だったのでプディングには手をつけないでいたのだ。

「……」

カークは何も言わなかった。それは彼が元々無口だからか、それとも声も出せないくらいに驚いたからなのかは、カルロスにはわからなかった。

「まだ……まだ、残ってる……！」

バニカは勢いよく立ち上がった。彼女の座っていた椅子が後ろにひっくり返る。そのままバニカは調理場に行こうとしている配膳係の一人の元に駆け寄り、彼が持っていた皿を――いや、皿の上に乗っている大きな海老を手づかみで奪い取った。

バニカはその場で海老を平らげる。身だけではない。殻まで全部だ。

「お、おい……バニカ」

カルロスはバニカを止めるために彼女に近づこうとしたが、なぜだか体が動かない。

それは他の者達も同様のようだった。国王も、女帝も、王妃も、兄達も、大臣達も、バニカの奇行を目の当たりにしながら誰一人彼女を止めることはできなかった。

（邪魔をすれば、殺される――）

そんな考えがカルロスの頭をよぎった。実際にはそんなことあるはずないのだが、バニカの見開かれた目と口元から滴《したた》り落ちる涎《よだれ》、そしてその行動がまるで獣のように――あるいはもっと恐ろしいものに見え、思わずそんな事を考えてしまったのだ。

「食べ……食べる……全部食べなきゃ……残したら、怒られちゃうもの」

和やかな会食の場は一気に静寂に包まれた。

聞こえるのはバニカの食事の音と呟き声。

そしてもう一つ――いや、もう二つだけ、部屋の隅から笑い声が聞こえていた。

カルロスは笑い声の聞こえてくる方向に目を向ける。

「クスクス」

「クスクス」

そこにいたのはあの双子の侍従、アルテとポロだった。

その場の皆が顔を歪める中、彼らだけは余裕綽々《しゃくしゃく》で――まるでそうなるとわかっていたかのように、小さな声で笑い続けていたのだ。


バニカ＝コンチータとカルロス＝マーロンの縁談話はその後、破談となったそうです。

バニカの会食での行動がマーロン王の逆鱗に触れたとか、王がバニカの病気を疑い、病持ちがマーロン王家に入り込むのを嫌がったとか、はたまた女帝ジュノが自国の人間の恥が表沙汰になるのを避けるために縁談自体をなかったことにしたとか、まあ説は色々ありますが……真相は今や誰にもわかりません。

いずれにせよバニカが会食の席で『やらかした』ことが発端となったことは明白でしょう。ではなぜ彼女はそんな行動をとったのか？

バニカはカルロスにあることを隠していました。彼女は美食家であると同時に、実は大変な大喰らいでもあったのです。バニカが一回の食事で食べる量は、その時ですでに常人の三倍以上だったと言われています。

しかし彼女はそれを恥ずかしいことだと思ったのか、あるいは、彼女はカルロスが言った「バニカは太っている」という発言を、部屋の外でこっそり聞いてしまっていたのかもしれません。マーロンではずっと普通の量しか食べていなかったのです。半年以上もそんな暮らしを続けていたわけですから、会食の時には空腹が限界にきていたのかもしれませんね。

無論、これほどまでの奇行に走るには他にも理由があったのでしょう。

例えば、何か触れてはならない『悪魔』の片鱗に接してしまったとか──少し抽象的過ぎましたでしょうか？

あなた方ならばもう、理解できているかもしれませんが。

──ああ、そうそう。縁談自体はなくなりましたが、その後ベルゼニアからマーロンへの援助は予定通り行われたそうですよ。

さて、マーロン島は海に囲まれているので魚介類などもそれなりに好んで食べられているようです。

もちろん、海にあるものを何でも食べるわけではありません。例えば──。

おっと、次の料理が来たようです。

ちょうどいいので、今度はこの料理にまつわる話──バニカ＝コンチータのベルゼニアにおける功績と成功、そして──破滅の始まりについてお話しすることにしましょう。

poisson

魚介料理——溺れるジズ・ティアマ

『ジズ・ティアマ』を使った料理は主に大陸の北側でよく食べられています。

特にレヴィアンタ地域ですね。西のハーク海で獲れたジズ・ティアマの約七十パーセントがレヴィアンタで消費されているそうです。

太古の昔、まだレヴィアンタに『魔道師』と呼ばれる者達が多数存在していた頃、ジズ・ティアマは魔術のための生贄としても使われていた、という伝承が残されています。レヴィアンタ地域でジズ・ティアマがよく食べられるのもその名残なのかもしれませんね。

一方で、同じくハーク海に面しているマーロンでは現在でもほとんど食べられていないようです。

——ああ、お客様はマーロン島出身でしたね。ではもしかしてジズ・ティアマを食べるのは初めてですか？　どうもあまり食が進んでいないようですから。

え……そうですか。ジズ・ティアマにご家族を……知らなかった事とはいえ、これは大変失礼いたしました。ではこれはお下げして、代わりの料理をお持ちいたしますね……ハーク鯛のムニエルなどいかがでしょうか？

——かしこまりました。では急いでシェフに作らせます。

——そちらのお客様はいかがなさいましょうか？　……そうですか。『アオタコ』は大好物ですか。それはよかったです。ではそのままお召し上がりください。

……そうですね。ジズ・ティアマはその見た目から『アオタコ』とも呼ばれます。

レヴィアンタの魔道師は『とてもすごいタコ』などとも呼んでいたそうです。

バニカ＝コンチータが生きていた時代では、ジズ・ティアマがレヴィアンタ以外の地域で食用に用いられることは今以上に少なかったそうです。マーロン島ではハーク海でジズ・ティアマが獲れても、ほんの一部を薬の素材として使う他は、ほとんど廃棄していたのだとか。

これに目をつけたのがバニカです。彼女はレヴィアンタでジズ・ティアマが食用として用いられているのを知り、マーロンでは捨てられているこれらを安値で輸入し、ベルゼニアの食文化の改善に役立てようとしたのです。

……少し話が飛んでしまいましたね。

バニカですが、彼女はカルロスとの縁談話が白紙になった後、より一層食に情熱を注ぐようになりました。

その食事への執着は凄まじく、三年後にはベルゼニアで彼女の食道楽ぶりを知らぬ者はいないほどになっていました。

十九歳になると、バニカはさらなる食の追求のため、双子の侍従、アルテとポロと共に諸国漫遊の旅に出たのです。

コンチータ家は相変わらず所領を剥奪されていましたが、だからこそバニカは比較的気楽に行動できたのかもしれません。

次の物語は、そんなバニカ達が久しぶりにベルゼニアに帰ってくるところから始まります――。

コンチータ家の侍従長・ロンは屋敷の玄関でバニカ達の帰りを今か今かと待っていた。

先日、旅先から手紙が送られてきたのだ。それはバニカが旅を終えてベルゼニアに戻ってくることを記した手紙で、その内容自体はロンをとても喜ばせるものだったのだが、問題は手紙があのライオネス国から送られてきた、という事実だった。

ライオネスはマーロンと戦争をしている。ベルゼニアはマーロンと同盟を結んでいるので、ライオネスにとってはベルゼニアも敵ということになる。

そんな国にバニカはたった二人の侍従と共にいるというのだ。ロンが不安にならないわけがなかった。予定通りならば、バニカが戻ってくるのは間違いなく今日のはずだった。だが夕方になっても、外から馬車の車輪や蹄《ひづめ》の音が聞こえてくることはない。

何かあったのではないか。こんなことならやはり無理にでも旅に同行すればよかった——そんな事をロンが考えていると、ふいに外から小さな足音が聞こえ、やがて入り口の扉が勢いよく開かれた。

「ただいま！」

そこにいたのは紛れもなく、コンチータ家の令嬢、バニカだった。

「ふもとの町で突然馬が泡吹いて倒れちゃって。しょうがないからここまで歩いてきたら遅くなっちゃった」

「おお、バニカ様……お久しゅうございます。少し見ないうちに、以前よりもたくましくなられたような気がしますぞ」

たくましい、という言葉を女性に向かって言うのは失礼だったかもしれない。しかし実際にバニカは旅に出る前よりずっと生き生きとしているようにロンには見えた。肌は少し日に焼けており、身体もずいぶん大きくなっていた――主に横幅が。

「そっちの二人はほとんど変わりないようだな」

ロンはバニカの後ろに立っていた双子に視線を移した。

この二人は本当に以前と見た目が変わっていなかった。旅立ちの前、いや、彼らがこの屋敷に雇われた時からずっと子供っぽい姿のままなので、今では同い年であるはずのバニカとずいぶん年が離れているように見えた。

「何よ！　相変わらずのチビだって言いたいの!?　ロン、その発言は私達への侮辱と受け取るわ。戦争よ、戦争!!」

アルテが開口一番、ロンに向けてヒステリックに騒ぎ始めた。

「やめなよアルテ。ロンはただ俺らと再会できたのが嬉しくてたまらないから、あんな憎まれ口を叩いているだけなんだよ」

ポロがすかさずフォローを入れたが、そもそもロンは双子を侮辱したつもりなどなかった。

「嬉しくてなんで悪口を言うのよ!?　意味がわからないわ!!　――ああ！　お腹すいた！　ロン、ご飯よご飯!!」

アルテが怒りながら持っていた荷物をその場に放り投げ、一目散に食堂へと駆けて行った。ポロが慌ててそれについていく。

「……意味がわからないのは俺の方だよ」

あの二人は性格も、相変わらずのようだった。

バニカはそんなやり取りを眺めながら、嬉しそうにニコニコと笑っていた。

「あの二人もロンに久しぶりに会えて嬉しいみたいね」

「そうですか？　――とにかく、無事で何よりです。旅の方はいかがでしたかな？」

「ええ、とても実りのあるものだったわ。土産話はたくさんあるのだけれど――まずはお父様に帰宅の挨拶をしなくちゃね」

バニカは周りを見回し、父親のムズーリが辺りにいないのを確認すると、彼の寝室へと足を運ぼうとした。

だが、ロンがそれを引き留める。

「ムズーリ様は残念ながら……」

「え!?」

深刻そうなロンの表情を見て、バニカの顔が青ざめる。

「まさか――」

「――今日は薬を飲んでお休みになられています。ご挨拶は明日に改められた方がよろしいかと」

そう言ってロンはすぐに元の笑顔に戻った。

「……まぎらわしい言い方しないでよ……」

ロンの悪戯に、バニカは膨れっ面で抗議してみせた。

「ハッハッハ。申し訳ございません」

「まったく……じゃあ、もう一つの用事を先に済ませちゃいましょうか」

バニカは後ろを振り返り、自分が今入ってきた扉の方を見た。

「謁見の約束は取り付けてある？」

「はい。事前に頂いたお手紙の通りに。しかし、お疲れではないのですか？」

「大丈夫よ。では早速行くとしましょうか、皇城に」

◆◆◆

ベルゼニア帝国の首都ルコルベニは、元コンチータ領のすぐ北に位置している。

このルコルベニからさらに北にあるバーブル砂漠辺りまでは『ベルゼニアス地域』と呼ばれ、皇族が直轄統治している場所だ。今はそれに加えて、かつてコンチータ家の領地だった地域も皇族が統治している状態だ。

バーブル砂漠からさらに北に行くと、そこはもう別の国・アスモディンだ。

アスモディンはかつてベルゼニアの領土だったが、およそ百年前にこの地を治めていたドナルド一族の反乱により独立した。

このドナルド一族は元々、百八十年前に失脚したヴェノマニア家に代わって『五公』になった一族だったが、彼らは常にベルゼニアの軍事態勢を「手ぬるい軟弱な代物」と批判し、大陸統一に向けて軍事力を拡大するよう皇族に要求し続けた。ところが、それが叶わないと見るや反乱を起こしてアスモディンの独立を試み、ベルゼニアに戦いを仕掛けてきたのだ。この争いで五公の一人ギャストールが戦死し、彼が治めていたレタサン領の西部はベルゼニア帝国タサン領に編入された。

残ったレ・タサンの東部分の領主として新たに就任したのが、当時のコンチータ家当主、トイタペア＝コンチータ侯爵だ。その後彼は公爵位を得、五公の一人として数えられるようになった。

トイタペアの死後、その息子のトスイテが領主の座を受け継ぎ、領地の名を『コンチータ領』と改めることを皇族から許可された。

そのトスイテの後を継いだのがムズーリであり、彼とエルフェゴートの貴族だったメグル＝グラスレッドの間に生まれたのが、バニカであった。

『五公』とはいってもドナルド家がすでに離反しているため、実際にこの肩書きを与えられているのは四家しかない。そしてそのうちの一角、コンチータ家は今や領地無し——『五公』の名と威光はすでに形骸《けいがい》化しかけていた。

◆　◆　◆

ルコルベニの町中を北東に進むと、そこにベルゼニア皇族の住まう皇城がある。

母が死に、父が所領を取り上げられた後、バニカはしばらくの間この皇城に預けられていたことがあった。

女帝ジュノは多少お喋りだがとても慈悲深い女性で、バニカの不幸を憐《あわれ》み、自らの養子にしようとしたこともあった。その話は結局周囲に反対され、バニカ自身も父を見捨てるようなことはしたくなかったので立ち消えになったが。

それでも、ジュノはいつだってバニカの事を気にかけていた。バニカとマーロン王族との縁談を目論《もくろ》んだのも、ひとえに彼女の幸せを願っての事だった。

バニカが旅に出るという話を聞いた時、ジュノは心配ではあったが反対はしなかった。彼女が自らの意思で決めたのならば、それに口を挟むのは野暮というものだ——そう思ったからだ。

旅はバニカをきっと強くしてくれるだろうと、ジュノは信じていた。そしてその考えは決して間違っていなかったと、旅から戻ってきて今自分の目の前にいるバニカの姿を見て、確信した。

「御機嫌よう、バニカ。ずいぶんと大きくなったわね」

ジュノはまずバニカにそう声をかけた。その言葉には二つの意味があったが、バニカ本人はおそらく片方の意味しか読み取れなかったのだろう。

「ジュノ様も相変わらずの大きなお体で」

そんなふうに言葉を返してきた。これは二人にとっては挨拶のようなものだったので、ジュノがその言葉に対して腹を立てるようなことはなかった。

「他国では服の仕立てに困ったんじゃない？」

「太った女性用の服を扱える仕立屋というのは、どこの国にもいるものですよ」

確かにバニカの着ている服は、旅に出る前のものとは違っていた。どこかの国で新たに作ってもらったのだろう。

「あら、そう。それは良かったわね。具体的にどの辺りの国を回ったの？」

「大陸ではエルフェゴート、アスモディン、レヴィアンタに」

「まあ。エルフェゴートやレヴィアンタはともかく、よくアスモディンに入れたわね」

アスモディン国とベルゼニアは常に小競り合いが続いている状態だ。というよりも、アスモディンはベルゼニアだけでなく隣国全てに喧嘩を売り続けているのだ。

厄介な事にアスモディンは首都があるベルゼニアス地域のすぐ北に位置する国のため、国境沿いのバーブル砂漠には他の地域よりも軍備を厚く整えていた。

「さすがに身分は隠しました。国境を越える時も、中で暮らしている時も」

バニカはそう言って小さくため息を吐いた。

「それが正解ね。ベルゼニアの、ましてや『五公』の娘と知られれば、バーグラーは間違いなくあなたを捕らえようとしたでしょうから」

ジュノが知る限り、アスモディンの現皇帝・バーグラー＝ドナルドは非常に好戦的で、常に戦争の火種となるものを探しているような男だ。捕まればバニカもただでは済まなかっただろう。

バニカがさらに、訪れた場所の名前を挙げていく。

「それから、マーロン島にも渡りました」

マーロン島に行ったということは、つまりはマーロン国を訪れたということだ。ジュノの顔が少し曇った。

「……王家の人達には会ったの？」

「いいえ……それはさすがに」

「そうよね……ごめんなさいね、余計な事を聞いたわ——まさかライオネスには行っていないでしょうね？」

「いえ、何とか戦火をかいくぐって、入国することができました」

どうやらジュノが思っていた以上に、バニカは無茶をしてきたようだ。

この破天荒な娘を少しは叱るべきかしら？　ともジュノは考えたが、こうして無事に帰ってきたのだからそれで良しとしましょう——と思い直した。

「で、そこまでして各国を巡ったことで、見聞は広まったのかしら？」

「そうですね、まずはこれをご覧ください——ポロ、あれを出して」

バニカは後ろで控えていた侍従の一人に声をかけた。ポロは仏頂面をしながらもジュノの前に底の深い銅製の容器を差し出した。彼は屋敷で食事にありつこうとしていたところを無理やり連れてこられたため、やや不機嫌だった。

「あら、お土産？」

ジュノは容器の中を覗き込んでみた。中には水が張ってあり、ぬめりけのある奇妙な八本足の生物が泳いでいた。

「これは……『ジズ・ティアマ』かしら」

平然とした顔でそう言ったジュノを見て、バニカは少し意外そうな顔をした。

おそらく彼女はジュノがこれを見て驚くか、顔をしかめるかすると思っていたのだろう。

「ご存じなのですか？」

「ええ。前に話したことがあるかもしれないけれど、わたくしには魔道師の知り合いがいるのよ。その魔道師がそれを使うのを見たことがあるの」

ジュノが知る魔道師は、この生き物を『とてもすごいタコ』とも呼んでいた。魔道師は『とてもすごいタコ』を生贄にして儀式を行い、干ばつの続く地域に雨を降らせてみせた。若き日のジュノはそれを目の当たりにして、魔術というものの凄さを思い知ったのだ。

しかしこのタコは西のハーク海——それもマーロンとレヴィアンタに挟まれた北の海の方でしかとれないもののはずだ。ベルゼニアス地域は海から離れた内陸に位置していたので、ジュノがジズ・ティアマを見るのはとても久しぶりの事だった。

バニカがジズ・ティアマについて説明を始める。

「レヴィアンタではこれを食用にもしているんです」

「まあ。そんな気持ちの悪いものを食べるっていうの？」

ジュノはジズ・ティアマの事を『魔道師が生贄として使う生き物』としてしか認識していなかったので、これを食べるということがにわかには信じられなかった。

「はい。コリコリしていてとても美味しいんですよ」

バニカは当たり前のようにそう答える。

つまりバニカはこのジズ・ティアマを実際に口にしたという事だ。

(相変わらず食べ物に関してはチャレンジ精神旺盛な子ね)

ジュノは感心したが、一方で段々と、実際にどんな味なのか自分の舌で確かめてみたいとも思い始めていた。

バニカには負けるが、ジュノも食欲は旺盛な方だ。ベルゼニア皇族は先祖代々、食通で知られた一族でもあるのだ。真実かどうかは定かでないが、皇家の先祖が『赤い靴の軍団』を率いてベルゼニアの領土を拡大したのは、各地の美味しいものを手に入れたかったから、という逸話もあるぐらいだった。

ジュノの考えを察したのか、バニカが様子を窺うようにこう切り出してきた。

「食べてみますか？」

「……このままで？」

「生でも食べられなくはありませんが、やはり最初は調理したものを食することをお勧めいたします」

「でも、おそらくベルゼニアにはそれの調理法を知っているコックがいないわ。もしかしたら北ハーク海に近いルシフェニア領にならいるかもしれないけど」

しかし、同じ国内であるといってもルシフェニアはベルゼニアス地域からだいぶ離れている。今からルシフェニア領でそんなコックを探すのは時間がかかりすぎるだろう。

「ご心配なく。それもきちんと学んでまいりましたから――アルテ、お願い」

バニカの言葉を合図に、彼女の後ろにいたアルテが立ち上がった。アルテもまた、機嫌が悪そうな顔をしていた。

「調理場、借りてもいい？」

アルテは無愛想にそうジュノに訊《き》いてきた。

「え、ええ──誰か、その子を案内してあげて」

ジュノの命令に応じ、一人の衛兵がアルテを連れて調理場に向かっていった。

それを目で見送った後、バニカとジュノはジズ・ティアマの話を続けた。

「このジズ・ティアマ、マーロンでは獲れてもほとんど消費されず、捨てられているそうです。マーロンとは貿易協定を結んでいますよね？」

「そうね──まさかこれをマーロンから買い取れ、と？」

「マーロンからならかなりの安値で手に入れられるはずです。ベルゼニアは西と南が海に面していますが、南の三日月海周辺であまり海産物が獲れないこともあり、やや魚介類を使った料理のバリエーションに欠けているところがあります」

「でもマーロンからはすでに珍しい魚や海老や貝を輸入しているわよ？」

「もちろんそれらも重要な食材です。しかし使われていない食材を使用することでベルゼニアの食文化にさらなる変化を与えることができます」

「しかし……ねえ」

その後もバニカはジズ・ティアマをベルゼニア料理に取り入れることの有用性を訴え続けたが、ジュノとしては中々首を縦に振る気にはなれなかった。

そうこうしているうちにアルテが料理を完成させて戻ってきた。彼女が持っている深皿の上では、切り刻まれたジズ・ティアマが赤い海の中を泳いでいた。

「食料庫にトマトがたくさん置いてあったから、それでジズ・ティアマを煮込んでみたの」

アルテはそう説明した。

トマトはベルゼニア全域で栽培されている野菜だ。特に三日月海の沿岸・グレイビア領では毎年、収穫祭の余興としてトマトの大食い大会が行われるほど、たくさん収穫されていた。

バニカはアルテから皿を受け取ると、それをジュノの前に差し出した。

「トマトはレヴィアンタでもよく採れるんです。ベルゼニアでジズ・ティアマを活用するならば、この『溺れるジズ・ティアマ』が最適ではないかと私は思います」

「『溺れるジズ・ティアマ』……それがこの料理の名前なの？」

「はい。どうぞ召し上がってみてください」

ジュノは皿を覗き込んだ。

確かに生きている時よりはグロテスクさはなくなっていた。トマトのスープに沈んでいることもあって、見た目での抵抗はあまりない。

ジュノはフォークでジズ・ティアマの切れ端を一つ取り上げ、恐る恐る口に入れてみた。

「……まあ。確かに美味しいわね。今まで味わったことのない食感だわ」

淡泊だが白身魚とも違う。弾力があるが海老とも違う。

ジュノにとってそれは、まったく新しい食体験だった。

「ジズ・ティアマは見た目がグロテスクですので、最初はベルゼニアの民も拒絶するかもしれません。しかしその美味しさを知れば、すぐに受け入れるだろうと考えております」

バニカは自信ありげに力説した。

彼女がこうまで推しているのだ。美味しいことは確かだし、言うことを聞いてあげてもいいかもしれないと、ジュノは考えを改め始めた。

「わかったわ。ジズ・ティアマの輸入、検討しておく。マーロンにとっても悪い話ではないでしょうしね……なんだかお酒が飲みたくなってきたわ」

ジュノは『溺れるジズ・ティアマ』は酒の肴《さかな》としても適しているのではないかと考えていた。海産物と合わせるならば普通は白ワインだが、この料理はかなり味付けが濃く作られているので、赤ワインの方が良いかもしれない。

「そこのあなた。『ヤツキ・ロペラ』を持ってきて頂戴」

ジュノはそう命じた。彼女はアルテに対してそれを命じたつもりだったのだが、アルテは聞こえていないふりをしてその場から微動だにしなかった。その様子を見て、空気を読んだ衛兵が慌ててワイン倉庫へと駆けこんでいった。

バニカはアルテの頭を軽く小突いた後、ジュノが要求したワインに話題を移した。

『ヤツキ・ロペラ』ですか。エルフェゴートの赤ワインですね」

「そうよ。ワインの美味しさではエルフェゴート産に敵《かな》うものはないわ。残念だけど我がベルゼニアのワインの味は正直、ろくなもんじゃないもの。バニカはエルフェゴートにも立ち寄ったのよね？本場のヤツキ・ロペラは飲んでみたの？」

「はい。程よいコクとスパイシーさを併《あわ》せ持った、格別の味でした。ところで――ヤツキ・ロペラといえば、私、エルフェゴートでこんなものを手に入れたんですよ」

バニカが再びポロに指示を出す。彼は鉢に植えられた苗木を取り出した。

「それは……!?」

衛兵が持ってきたヤツキ・ロペラの注がれたワイングラスを受け取りながら、ジュノはその苗木に視線を落とした。

「『トラウベン』の苗木です。この木に生《な》る実からヤツキ・ロペラが作られているのです」

「……ただのお土産、ってわけじゃないんでしょうね」

ジュノにはもう、バニカの考えていることにおおよその見当がついていた。

「はい。私はこのベルゼニアにも、トラウベン畑を作りたいと思っています」

「でもエルフェゴートとは気候が違うでしょうし、そう上手くいくかしら?」

「大丈夫です。うまく調節すればベルゼニアでもきっと育てられるはずです」

「それに、たとえ原料が手に入ったとしても作り方がわからなければヤツキ・ロペラはできないわ」

「製法についても学んできました──それに、私が目指しているのはヤツキ・ロペラの再現ではありません。ヤツキ・ロペラを超えるワインを作り出す事なのです!」

バニカのその言葉からは、強い意志が感じられた。

(どうやら彼女は、旅先でただ遊んできた、というわけではなさそうね)

方向性はどうあれ、バニカのその力強さはジュノにとって歓迎すべき事だった。

ジュノ本人は例外としても、ベルゼニアではまだ総じて男性の方が優位な立場にいる。女性はあくまで男性を支え、子を産むための存在としてしか見られていない。

これからは女性も強くならねばならない。それがベルゼニアの将来のためにも、きっと有益な事となる——というのがジュノの持論でもあった。

「いいでしょう、バニカ。あなたが旅先で学んできた事、全部聞かせてちょうだい。その上でわたくしにできる事があるならば、協力は惜しまないわ」

ジュノはワインを勢いよく飲み干した。

◆　◆　◆

バニカは旅を通して、訪れた各地の様々な料理法、食材の栽培、育成法を学んでいた。

それらはジュノによってベルゼニア国内に広められ、食文化の向上に大いに貢献することになった。

当時のベルゼニアは広大な領土を有していたため、食料自体は豊富にあったが、逆にその文化圏の広さが災いして各地の生産体制が統一されておらず、食料品の効率的な運用がなされているとはいえない状況だった。

平時はそれでも問題なかったが、いったん不作になるとそのカバーが難しく、飢饉時に特定の地域が一気に困窮《こんきゅう》してしまうという問題点をはらんでいたのだ。

バニカの伝えた各国の優秀な農耕システム、より保存の効きやすい食物の調理法などはそれらを改善するきっかけとなった。

また、バニカによってベルゼニアに取り入れられた今までにない食材と調理法は、ベルゼニア料理に新たな息吹を吹き込むことになった。

人々はこれまで自分達の味覚がほんの一部しか活用されていなかった事を思い知った。慣れ親しんだ豚と豆とトマトだけをとってみても、調理法一つでまったく知らない料理に変わる。

生きていくために食事は不可欠なものだ。だからこそそこに喜びを見出すことはすなわち、人生の充実へとつながる。

バニカはベルゼニアの民に幸せの欠片をもたらしたのだ。

◆　◆　◆

バニカがベルゼニアに戻ってきてから三年の月日が流れた頃の事だ。

ロンはムズーリに呼び出され、彼の寝室を訪れた。

「お呼びでしょうか？　ムズーリ様」

ベッドに横たわっているのは、すっかり痩せこけてしまった老人だった。

「うむ……特に用はないのだが、なぜかお前と無性に話をしたくなってしまってな」

ロンはムズーリの昔の姿を覚えていた。かつてはバニカと同様、丸々と太っていた主の面影はもう、どこにもない。それがロンにとっては、痛々しくてたまらなかった。

「わたくしでよければ、いくらでも話し相手になりましょうぞ」

「ありがとう……バニカはどうしている？　屋敷にいるのか？」

「バニカ様は今、例のトラウベン畑に赴いています。育てていた木が先日、ようやく実をつけたらしいのです。これから本格的にワイン作りに取りかかるのだと、張り切っておられました」

「そうか……バニカはよくやってくれた」

ムズーリは感慨深げにそう呟いた。

彼が言っているのがトラウベンの木の事だけではないのを、ロンは理解していた。

「はい。バニカ様のこの国に対する貢献を評し、ジュノ陛下はコンチータ家が召し上げられた領土の返還を約束してくださいました」

これはロンにとっての悲願ではあったが、ムズーリにとってはそうではなかったかもしれない。主はもはや、栄光への渇望を失っているように見えた。

だが、それでも娘の活躍を親が喜ばないはずはない。バニカはムズーリにとって、そしてロンにとっても誇りであることに間違いはなかった。

「コンチータ領主への復帰――しかし、それを民は許してくれるのだろうか……？」

ムズーリは不安を漏らした。領民にとってコンチータ家は、かつて彼らに重税を課して苦しめた悪《あ》しき君主なのだ。

しかしロンは首を大きく横に振った。

「皆、歓迎していますよ。それほどにバニカ様の食に関する貢献は大きかったのです。あとはムズーリ様が回復なされば――」

「……いや。儂はもう無理だ。コンチータ領はバニカが見事に治めてくれることだろう。民にとってもそれが一番だ」

それはロンにもよくわかっていた。だが彼は主を元気づけようと、その言葉を否定しようとした。

「そんなことを仰らずに――」

「なあ、ロンよ」

ムズーリがロンの言葉を遮る。

「はい」

「お前は儂の事を――恨んでいるのではないか？」

「……なぜ、そのような事をおっしゃるのですか？」

「儂のせいで……儂がバエムを食べさせたせいで……皆、死んでしまった。お前やバニカにも辛い思いをさせた。儂は今でもその事が悔やんでも悔やみきれんのだ」

弱々しい声でそう言った老人は、目に涙を浮かべていた。それは決して演技などではない、彼の本心からの涙であることをロンは知っていた。

主は優しい人なのだ。あの呪いの事さえなければ、きっと今でも名領主として活躍していたに違いない。

「……ムズーリ様。あの時、『グーラ病』のせいで皆がどんどん死んでいく中でも、屋敷の人間は誰一人、あなたに恨み言など言いませんでした。それはなぜだと思いますか？」

「……」

「あのバエムはそれほどに美味しかったのです。あれを味わえたのだから、この苦しみすら、たとえ死んでしまっても悔いはないと――そう思ってしまうほどの味だったということです。少なくともわたくしは、食べさせてくださったムズーリ様に感謝こそすれ、恨むことなどあるはずもございません」

「……優しいな、お前は。だがたとえお前や他の侍従達が許しても――メグルはそうではなかったのだろう。だから儂は……謝りにいかなければならん」

ムズーリの声は、ますます小さくかすれたものになっていた。彼の口元ギリギリまで耳を近づけないと、聞き取れないほどに。

そして彼は、静かに目を閉じた。

「ムズーリ……様!?」

「ずいぶん時間が経ってしまったが……彼女はまだ、怒っているだろうか？　……ロンよ、バニカの事を――」


エヴィリオス暦三二一年八月。

コンチータ家六代目当主、ムズーリ＝コンチータは永眠した。

その二か月後、ベルゼニア帝国の女帝ジュノ＝ベルゼニアはコンチータ領を下賜し、新たな領主として、コンチータ家七代目当主、バニカ＝コンチータを任命することを宣言した。

◆　◆　◆

父を失った悲しみをまぎらわすためなのか、それ以降、バニカの食への追求はさらに磨きがかかるようになっていた。

彼女は何度も他国を訪れては、あらゆる料理を食べ尽くした。その頃にはベルゼニアがあるエヴィリオス地域だけでなく、大陸の東側にも足を伸ばすようになっていた。

もちろん、それはベルゼニア食文化のさらなる発展のためでもあったが、それだけではない、彼女自身の欲求からくる行動でもあった。

世界中の美味しいものをなるべくたくさん食べる――それはバニカの以前からの夢だった。

家族もなく、恋人もいないバニカにとって情熱を注げるものはただ一つ。

『食』だけだった。

◆　◆　◆

バニカが旅に出ている間、屋敷の留守を任されているのはロンだった。

彼は今日も、屋敷の掃除に精を出していた。

（私にできるのはこれくらいだ。バニカ様のお仕事の手助けは、あの双子がやってくれるだろう）

先代のムズーリの代からコンチータ家に仕えておよそ三十年。彼もずいぶん年をとってしまっていた。バニカの旅に同行するには、少々辛い年齢になっていた。

「……まったく。あの二人は相変わらず、部屋の片付けをしておらんのだな」

ロンが今いるのはアルテとポロの部屋だ。なんだかんだ、あの二人もバニカに仕え始めてから十年目に突入していた。

（あの双子はなぜまったく成長しないのだろうか？）

ロンの疑問は彼らの性格や態度の事ではない。その見た目についてだった。

二人は相変わらず子供の姿のままだった。

二十五歳にしては幼すぎる。

（彼らはこの屋敷に雇われた時から、まったく変わっていない。そもそも彼らを雇ったのは――）

そこでロンの思考が止まった。

（あの双子を雇う事……そう、それを決めたのは俺のはずだ。だが――俺は一体、どこで彼らと出会ったのだ？）

どうしても思い出せなかった。

いつのまにか二人はバニカの侍従になっていた――そんな気すらしたのだ。

（……歳かな。物忘れがひどくなってきているのかもしれん）

ロンは気にしないことにした。

アルテとポロはバニカの忠実な従者であり、今や彼女にとっては欠かせない存在だ。

――それでいいではないか。

双子の部屋の片づけを続ける。あの二人は自分達の部屋に他人が入り込むことを嫌がるから、掃除をするなら旅に出ている合間を狙うしかないのだ。

床に散らばっている物をあらかた片づけた後、ロンは続いて暖炉のすす払いに取りかかった。暖炉はこまめに手入れをしないと、すぐに駄目になってしまう。日頃の手入れが大事だといつも双子には言い聞かせていたが、彼らが素直に言うことを聞くはずもなかった。

（おや……これは……）

ロンは暖炉の奥に、小さな穴があることに気がついた。

（ネズミにでも壁をかじられたか……何かが詰まっているようだな）

ロンが穴に手を突っ込むと、何か固い物が触れた。

それを注意深く引き抜いてみる。

――穴にあった物の正体を確認し、ロンは大きく目を見開いた。

（なぜ……これがこんなところに!?）

それを見るのはずいぶんと久しぶりの事だった。

だが、忘れるはずもない。

この『ワイングラス』は決して――。

ここに存在してはいけない物なのだ。

（いかん……これを持っていてはいかん。どこかに捨ててしまわなければ）

ロンはワイングラスを素早く懐にしまい込むと、そのまま部屋から出ようとした。

だが――それを阻む者が、扉の前に現れたのだ。

「駄目だよ」

「ポロ！　お前いつの間に――」

バニカと共に旅に出ていたはずのポロが、そこにいた。

彼だけではない。

「それは捨ててはいけないのよ」

「アルテ！」

ロンの知らぬうちに、二人は屋敷に戻っていたのかもしれない。

（しかし――バニカ様はどこに？）

ロンの動揺をよそに、双子は半笑いのまま喋りつづけた。

「それはいつか必要になる物」

「バニカ様を破滅から救うために必要な物なの」

『それ』とは当然、懐のワイングラスの事だろう。

「お前達がこのワイングラスを持ち込んだのか？」

しかし、双子は同時に首を横に振った。

「違う。それはバニカ様が自らの意思で手に入れた物」

「彼女が望んで手に入れた物」

二人は表情を固定させたまま、少しずつロンに近づいてくる。

「しかし、これは呪われた道具なのだ！　ここにあってはいけない物なのだぞ！」

ロンは叫んだが、双子は意に介さずさらに歩を進める。

「それを決めるのはお前じゃない」

「それを決めるのは私達でもない」

ロンにはもう、目の前にいるのが本当にあの双子なのかさえわからなくなってきていた。

「お前達は一体――」

言いかけて、ロンはようやく思い出した。

十年前、彼らがなぜ、この屋敷に来たのか。

――いや、いたのかを。

「決めるのはバニカ様」

「契約を望むか、それとも死を望むか」

双子はロンのすぐそばに立っていた。

「俺達はバニカ様に従うだけ」

「私達はバニカ様の決めたことに従うだけ」

「だから――」

「お前は邪魔をするな」

双子のどちらかが、ロンの腕を摑んだ。


――そう。

呪いは、終わってなどいなかったのだ。

◆　◆　◆

ロン＝グラップルが行方不明になったことを知り、バニカは急遽、旅先から帰国した、その翌日、彼女は突然屋敷で倒れた。

ロンがいなくなったことにショックを受けたから、というわけではない。

医者が彼女に下した診断は『食べ過ぎによる内臓異常』だった。


夜。

バニカは一人、寝室で横になっていた。

寝返りを打つたび、ベッドが大きく軋《きし》み音を立てる。

そのベッドはバニカ用に作られた特注の頑丈なものだったが、それでも彼女の体重を支えるにはもはや、強度が不足していた。

バニカの身体は以前にも増して大きくなっていた。ベルゼニア――いや、エヴィリオス全土を探しても、彼女以上に太った人間に出会うことはないだろう。

こんな身体では、体調に異変が起きたことは何ら不思議でもなかった。

（……しばらく、食べる量を控えめにした方がいいかな……）

夢うつつの中、バニカはそんな事を考えていた。

お前から『食』を取って
何が残るというのだ？

突然、室内にそんな声が響いた。

「!?　誰？」

寝室にいるのはバニカ一人だ。しかし今の声はバニカのものではない。

バニカはベッドから飛び起きようとした。

しかし、身体が動かない。

やがて彼女の視線の先――天井のすぐ近くに、ぼんやりと何かが浮かび上がってきた。

〈**久しいな、バニカ＝コンチータよ**〉

それはバニカに向けて話しかけてきた。

だが、その姿はぼやけたままで、正体ははっきりとはわからなかった。

「あなたは何者？　私の事を知っているみたいだけど」

〈**そうだな……お前達人間の言葉で言うならば『悪魔』といったところか**〉

「あら……ついに私にもお迎えが来たってことかしら？」

異様な状況に置かれているのにもかかわらず、バニカは冷静だった。

彼女は『悪魔』が言う通り、その相手の事をよく知っている気がしたのだ。

〈死の宣告――まあそれは当たらずも遠からずだ。このままいけばお前は半年後には、冥界へ旅立つことになるだろう〉

「……やっぱり、食べ過ぎが原因で？」

〈そうだ〉

「それなら別に悔いはないわ。私はもう、この世のほとんど全ての料理を、味わった気がするもの」

〈――本当にそう思うのか？〉

「ええ……あえて言えば、一つだけ食べられなくて心残りなものがあるわ」

〈それは何だ？〉

「――『バエム』よ。あの豚だけはタサン領はおろか、世界中どこを探してもついに見つけることはできなかったわ……あ、ごめん。もう一つあった。『ブラッド・グレイヴ』。あのワインの完成を待たずに死ぬのはちょっと辛いわね――でも、一番飲ませたかった相手も死んでしまったし、別にいいか」

〈……まあそれが、所詮《しょせん》は人間の限界だろうな。我に言わせれば、お前はまだ真の『食』――その半分も極めてはおらぬ〉

「……どういうこと？」

〈知りたくはないか？　お前の知らぬ、新たな――究極の『食』の世界を〉

それはバニカにとっては魅力的な誘いであった。

「でも、私はあと半年で死ぬんでしょ？」

〈普通ならばな……。だがもし我に身を委《ゆだ》ねるならば、その摂理すら変えることができる〉

「へえ、それはそれは……要するに悪魔に魂を売り渡せ、ってことね」

灯りの消えた、真っ暗な部屋。だがたとえ光で照らしても、バニカの目の前にいる存在をはっきりと認識することはできないのであろう。

そこにあるのは、ただの赤い揺らめきだった。

〈悪い話ではないと思うが？　お前は生き延び、さらなる『食』の高みにのぼることができるのだぞ〉

「お断りよ」

〈……〉

「私の母親は悪魔に殺されたの。ううん、母だけじゃない。この屋敷でかつて働いていた人、皆が呪いで死んだのよ」

〈違う。あいつらは皆、我の力を受け入れる度量がなかった――それだけのことだ。それにお前の母親を殺したのは我ではない。あれはお前の父親が――〉

「黙れ。これ以上お前と交渉する気はないわ。さっさとどこかへ消え去って」

〈……まあよい。ではせめて、置き土産だけでも残しておくとしよう〉

扉の開く音がした。身体が動かせないのでバニカには見えないが、どうやら誰かが部屋に入ってきたようだ。

枕元に近づいてきたが、顔は見えない。その人物は棚の上に何かを置いた後、部屋から出ていった。

〈お前が望んだものの一つ。そして、我の身体の一部でもあるものだ。それをお前が口にした時、契約は完了する。あとはお前の意思に任せることにしよう。我は無理矢理取り憑くほど傲慢《ごうまん》ではなく、かといって何も為さないほど怠惰《たいだ》でもない。しかし――もう一度言っておくぞ〉

お前から『食』を取って

何が残るというのだ？

「……」

バニカは何も答えなかった。

やがて赤い揺らめきは視界から消え去り、それと同時にバニカの意識も遠のいていった。

バニカが目を覚ますと、すっかり日が昇っていた。

彼女はゆっくりとベッドから身を起こした。

身体中、びっしょりと汗をかいている。昨夜はそれほど、暑くもなかったはずなのに。

何か飲み物が欲しい。とっさにバニカはそう思った。喉が渇いてたまらなかったのだ。

ふと、ベッドの近くにある棚を見ると、そこにワイングラスが置いてあった。

グラスの中には、赤い液体がなみなみと注がれている。

（……悪魔）

バニカは昨晩の事を思い出した。

これは悪魔の誘いだ。この液体を飲んでしまえば、悪魔と契約することになる——。

(新たな『食』の世界……か)

そんなものが本当に存在するのだろうか？　バニカほど『食』を知る人間は他にはいないだろう。

そんなバニカが『食』の半分も極めていない？

そんな馬鹿な。

(でも……もし本当に、私の知らない『食』があるのだとすれば)

ぜひとも体験してみたい。

それが正直な気持ちだった。

「そもそも……この液体、一体なんなのかしら？」

悪魔は『バニカが望んだものの一つ』だと言っていた。

「『ブラッド・グレイヴ』？　……まさか。あのワインはまだ完成していないのよ」

ならば、必然的に答えはもう一つの方、ということになる。

バニカは液体の匂いを嗅いでみた。

ほんのりと、鉄の香りがする。

「もしかして、『バエム』の……血!?」

伝説の赤豚、バエム。

その貴重な生き血が、今、目の前にあるのだ。

——一体、どんな味がするのだろう。

強烈な好奇心が、バニカの心を惹きつけた。

「駄目よ……これを飲んだら、私は――」

そう言いながらも、バニカはワイングラスを口元に近づけていく。

「――私は、私は……どうしたいの？」

ワイングラスの端に軽く口づけをする。

このままグラスを傾ければ、液体はバニカの胃に収まってしまうことだろう。

『食』への探究心――それに私は人生を傾けてきた。私から『食』を取って――」


一体、何が残るというの？

◆　◆　◆

一時は命も危ないと噂されていたバニカ＝コンチータが無事に回復したと聞き、『五公』の一人であるグレイビア領主オルハリ公爵は彼女の快気祝いに晩餐会を開くことにした。

グレイビア領はコンチータ領の東、三日月海の沿岸に位置し、領土が近いことからコンチータ家とオルハリ家は古くから交流があった。

オルハリ公爵も先代のコンチータ領主、ムズーリとは幼い頃からの友人であり、食道楽という共通の趣味があったこともあって、若い時は事あるごとに「この前、こんな珍しい料理を食べた」だの「美味で知られるあの食材をついに手に入れた」などと自慢し合っていたものである。

だがムズーリは領主の座を剥奪されて以降、屋敷に閉じこもるようになり、オルハリ公爵が会いに行っても病気を理由に追い返されることが多くなっていった。結局、ムズーリが亡くなるまでの間オルハリ公爵が彼に会える機会はほとんどなかった。

ムズーリの苦境を知りながら何も手を差し伸べることができなかった事をオルハリ公爵は内心、悔やんでいた。だからその分、彼の娘であるバニカの事はできるだけ気にかけてやろうと思っていたし、彼女がベルゼニアの食文化改善を訴え、行動に出た時は実際に色々と協力したりもした。

バニカが倒れたと聞いた時は我が娘の事のように心配したが、なんとか回復したと報告を受け、オルハリ公爵は心の底から安堵したのだ。

(病気の間は、食べたいものもろくに食べられなかっただろう。ならば彼女の為に、豪勢な食事を用意してやろうではないか！)

そう思い立ったオルハリ公爵は、今夜自らの邸宅で行われる晩餐会にバニカを招待したのである。


会はすでに始まっていたが、まだバニカの姿は見えない。

「バニカはまだ来ていないようね」

そうオルハリ公爵に話しかけてきたのは女帝ジュノだった。

彼女が臣下の開く晩餐会に顔を出すことはあまり多くない。たとえ『五公』であるオルハリ公爵の主催でも、だ。だが今回は彼女が目をかけているバニカの快気祝いということもあり、ジュノも参加を快諾してくれたのだ。

「どうやら到着が少し遅れているようですな。しかし、先ほど関所の兵からバニカ殿の乗った馬車が通過したとの報告を受けました。もう間もなくこちらにつくことでしょう」

「それにしても……ずいぶんと豪華な食事だこと！　それにどれを食べてもとても美味しい！　わたくしだってこれだけの料理を食べる機会などそうそうありませんわ」

そう感嘆するジュノが左手に持っていたのは『溺れるジズ・ティアマ』の入った深皿だった。

「何しろ今夜はジュノ陛下が参加する晩餐会ですからな。コック達にも腕によりをかけてもらいました」

「フフフ、違うでしょう？　この食事がバニカの為に用意したものだってことぐらい、わたくしにだってわかるわ。彼女は生半可《なまはんか》な料理では満足しないでしょうからね」

「まあ……そうですな」

オルハリ公爵は少し照れくさそうに、自らの頬を人差し指で掻いた。

「バニカ殿も立派になられました。昔はおとなしすぎて少し心配しておりましたが……」

「そうねえ。あとは、誰か良い人を見つけて結婚してくれればいいのだけれど」

「立場上、跡継ぎを産まねばならないですからな。まあ彼女は少し太り過ぎてはいるが、性格はとても良い。相手などすぐに見つかるでしょう」

それを聞いたジュノはオルハリ公に意味ありげな視線を送った。

「……どう、オルハリ公。あなたも奥さんが亡くなってからずっと独身でしょう？　子供達のためにも新しい母親を――」

「そうやってすぐに縁談話に持ち込もうとするのが、陛下の悪い癖です。私とバニカではいくらなんでも歳が離れすぎている。それにもう子供達も皆成人を迎えています。新たな母親が必要ということもありますまい」

「あら？　私は別にバニカの事だなんてひとことも言ってないけど？」

「……まったく、意地悪なお方だ！」

顔を赤らめたオルハリ公爵は、少し怒ったような口調でそう叫んだあと、他の招待客にも挨拶するためにジュノの元を離れた。


オルハリ公爵の行く先にはもう一人、顔を真っ赤にした男がいた。だが彼の顔が赤い理由はオルハリ公爵とは別のものだった。

「ずいぶんと酔っておられるようですな、ヨカヅキ殿」

「おう。おかげさまで楽しませてもらってるよ」

ヨカヅキ＝オースディンはルシフェニア領主・ドートゥリシュ公爵の側近であり、ハーク海沿岸警備部隊の隊長を務めている男だ。ハーク海の向こうにあるマーロン島のマーロン国とベルゼニアは同盟関係にあるが、ライオネス国に関してはそうではない。マーロン国との戦いに戦力を割いているライオネス国がわざわざ海を渡ってベルゼニアまで攻めてくる可能性はそれほど高いとは言えないが、ヨカヅキが重要な役職を任されている人物であることは確かだった。

オルハリ公爵は正直、粗暴なこの男の事をあまりよく思っていなかったが、彼もまた、オルハリ公爵と同様にムズーリの旧友であった。そのムズーリの娘の快気祝いとなれば、形式上呼ばないわけにはいかなかったのだ。

ヨカヅキはワインの瓶を片手に、オルハリ公爵にもたれかかるように肩を組んできた。

「ところで、あの太っちょ娘はまだ来ていないのか？　今日はあいつの快気祝いだろう？」

「……バニカ殿の事なら、じきに到着するはずです」

「そうか。まあ食い過ぎて死にかけるなんざあ、あの一族の娘らしいっちゃらしいよな。食文化の改善だか何だか知らないが、あんな体型じゃあ嫁の貰《もら》い手もないだろうさ」

ヨカヅキはオルハリ公爵やバニカよりもずっと爵位の低い男である。それにもかかわらずこのような無礼な口をきく彼を、この場で切り捨ててやってもよかった。だがオルハリ公爵としてはせっかくの晩餐会の場を血で汚したくはなかったし、同じ『五公』であるドートゥリシュ公爵との関係もあったので、なんとかその気持ちをこらえる。

「ヨカヅキ殿。あなたが今飲んでいる『ブラッド・グレイヴ』も、バニカ殿が職人達と協力して作り上げたものだという事をお忘れなきよう」

「ああ、確かにこの酒は美味いな。『ヤツキ・ロペラ』と同様、いや、それ以上と言っていい。……瓶が空になっちまったな。おかわりをもらっていいか？」

「……それはまだ試作品で、バニカ殿に特別に送ってもらったものなのです。さほど数があるわけではないので」

その時だ。晩餐会が開かれているこの広間の入り口の方が突然、にわかに騒がしくなった。

どうやらバニカが到着したようだ。

「へへっ、ようやく太っちょ娘のお出ましのようだぜ」

ヨカヅキの言葉を無視して、オルハリ公爵はバニカを出迎えるために入り口へと急いだ。

「やあバニカ殿、よく来てくださいましたね。さあ中に入って皆と食事を――」

扉の前に立っていた赤いドレスの女性。彼女に笑顔で話しかけようとしたオルハリ公爵だったが、その姿を見た途端、唐突に固まった。

そこにいたのは、まぎれもなくバニカだ。だがその姿は、オルハリ公爵の知る彼女とはまったく違う――スレンダーで美しい女性だった。

バニカの特徴であった肥満体型は見る影もない。

「遅れて申し訳ございません、オルハリ公爵」

彼女は礼儀正しく、オルハリ公爵に頭を下げた。

「御者をしていたうちの召使いが、道を間違えてしまって」

バニカの横には、双子の侍従がにやけながら落ち着きなく広間を見回していた。

オルハリ公爵は彼らの事もよく知っていた。この双子はオルハリ公爵がバニカと会う時、常に傍らにいたからだ。

「あ、ああ、それは災難でしたね。……以前と比べてずいぶんとお痩せになったようだ」

「そうですか？　病気の間、あまり食事をとる事ができませんでしたから」

「そ、そう思いまして今宵はたくさんの料理を用意してあります。どうぞ楽しんでいってください」

「ありがとうございます」

そう言ってバニカはもう一度頭を下げた後、侍従達と共に広間の中心へと向かっていった。

オルハリ公爵がそちらを振り返ると、ジュノを始め、その場にいる全員がバニカの変貌ぶりに驚いているようだった。ヨカヅキなどは余程動揺したのか、手に持っていた瓶を床に落とし、その破片の散らばった上に倒れ込んでしまい、血まみれになっていた。


晩餐会の注目の的となったバニカだったが、それを意にも介さずに並べられた料理を次々と平らげていった。

バニカが大食漢であることは皆よく知っていた。だが、以前の太っていた彼女ならばともかく、今の痩せたバニカが自分の体重すら超えそうな量の食べ物を軽々と口に入れていく様は、やはりどこか不可思議な光景だった。


そろそろ夜も更け、オルハリ公爵が晩餐会をお開きにしようかと考え始めた頃だ。

「ねえバニカ様。もう食べるもの、無くなっちゃったね」

バニカの侍従であるアルテが、そう彼女に声をかけた。

「ねえおっさん。もうおかわりはないの？　俺まだ全然食べ足りないんだけど」

続いてもう一人の侍従、ポロが不満そうにオルハリ公爵にそう話しかけてきた。

オルハリ公爵は遠くにいた自分の召使いに目で合図を送ったが、召使いは申し訳なさそうに首を振った。

「ああ……すまないが用意していた料理はもう全部出してしまったみたいだ。だいぶ多めに準備していたつもりだったんだがな」

「ええー！　なんだよ、使えねーなおっさん――フゴ!?」

文句を言い始めたポロの頭にげんこつが飛んできた。

「痛い！　痛いですバニカ様」

頭を押さえるポロを押しのけて、バニカが侍従の無礼を詫びた。

「……すみません。礼儀のなっていない子で」

「いえ、確かに料理が足りなかったのは私どもの不手際です。こちらこそ申し訳ありません」

「多すぎて料理を残すよりはその方がずっといいです。だって……残したら怒られちゃいますもの」

「え？　誰にですか？」

「満足に食事をとれない、世界中の恵まれない人達に、ですわ」

そう答えた後、ふいにバニカは気まずそうにお腹を押さえた。

「……まあ、確かに私もまだ満腹でないのは事実。行儀が悪いのを承知でお願いするのですが、私、こんなこともあろうかと『食後のデザート』を持参してまいりましたの。それをここで食べてもよろしいでしょうか？」

「もちろん構いませんよ。バニカ殿が用意したデザートともなれば、さぞかし美味なものなのでしょうな」

「ありがとうございます。多めに持ってきていますのでよろしかったらご一緒に。じゃあアルテ、あれを出して頂戴」

命じられたアルテは黙ってバニカに木製の籠のようなものを差し出した。

「では、失礼して――いただきます」

バニカは籠の蓋を開けると、手づかみで中身を取り出してそれを口に入れた。

その瞬間――。

「うおおぉ!?」

「きゃあ!!」

「ひいっ!!」

オルハリ公爵を始め、周りにいた人間が一斉に悲鳴を上げた。

バニカが籠から取り出し、食べたもの。

それは――。

生きたままの大量の蟲だったのである。

ミミズ、蜘蛛、百足《むかで》――。

周囲の騒乱などお構いなしに、バニカはひたすら籠の中の蟲を貪り続けていた。

しばらく食べ続けた後、バニカはふいに籠から顔を上げ、オルハリ公爵の方を見た。

「あら、私ったらはしたない。自分ばかり一人で――、よかったらオルハリ公爵もお一つどうぞ♥」

そう言ってバニカはニコリと笑いながら籠の中の蠍を取り出し、オルハリ公爵の眼前に突き出した。

「い、いや、私は結構。もう腹一杯なので……ちょっと失礼する」

オルハリ公爵は後ろに振り返り、入り口に向けて歩いていった。

彼は広間を出て扉を閉めた直後――。

胃の中の食べ物を、盛大に吐き出したのだった。


――さて、いかがでしたしょうか？

ジズ・ティアマをベルゼニアで流通させ、その他にも食に関する様々な改革を行った才女『食通貴族バニカ』の話はこれでおしまいです。

え？　中途半端すぎる？

もちろん、まだ物語は終わりではありませんよ。

わたくしが申したのは『食通貴族バニカ』がここで終了した、ということです。

これからいよいよ――『悪食娘コンチータ』の話が始まるのです。

sorbet

ソルベ——プラトー・シャーベット

ここでお口直しとして、冷たいシャーベットをご用意いたしました。

この緑色は、涼感を増すために練り込まれた、メリゴド高地で採れた新鮮な野菜類の色です。

メリゴド高地にまつわる伝承や物語も、数多く文献に残されています。

例えば『メータ＝ザルムホーファー』という魔女の話——。彼女はその強力な魔力で、魔道王国レヴィアンタを混乱に陥れたと言われています。

ヴェノマニア事件の被害者の一人『ミクリア＝グリオニオ』が余生を過ごしたのもこの地だと言われていますね。

そして『メリゴド高地の決闘』——。強大な力を持つ魔道師が弟子と共に、犯罪組織『ペールノエル』のリーダーに戦いを挑んだのもこの地だったとか。

バニカ＝コンチータの時代、メリゴド高地はエルフェゴート国の領地でした。

当時、この場所で何か大きな出来事があったという記述は、どの文献にも見当たりません。

しかし、このメリゴド高地の出身だと思われる一人の女性が、エヴィリオスを騒がせていた——そんな伝承があるのです。

その女性の名前はプラトニック。

ただしこれは、彼女の本当の名前ではないと言われています。

プラトニックの本名を記した資料は——どこにも残されていません。

彼女はエルフェ人であり、凄腕の盗賊でした。それ以外の素性は一切明らかになっていません。

プラトニックはエヴィリオス全土を股《また》に掛け、主に貴族を狙って荒稼ぎをしていました。当時、彼女の手配書はどの国でも見かけることができたそうです。

様々な宝を盗み出してきたプラトニックはある時、ライオネス国の魔道師から、とある物を盗み出してほしいと依頼されます。

そのターゲットとなったのが、ベルゼニア帝国コンチータ領主・バニカ=コンチータが所持しているという、秘宝のワイングラスだったのです――。


――陰気な土地ね。

林道を抜けたプラトニックは、目の前の光景をゆっくりと眺めた。

活気がないのは、もう日が暮れてしまっているから、というだけではないだろう。

ここは閉鎖された土地なのだ。同じ国内の人間であっても、出入りは厳しく規制され、審査を受けなければならない。ましてや外国人のプラトニックがまともに関所を通って入れるはずもなかった。

しかし、そんなことはもう慣れっこだ。そもそもこのコンチータ領でなくとも、プラトニックが堂々と街道を通って移動することなどない。もし自分の顔を知るものに出会ってしまったら、ややこしいことになるのはわかりきっていたからだ。

――やはりデミランブの屋敷に侵入した時に、顔を見られたのが良くなかったわね。

いかに名怪盗のプラトニックといえども、時には失敗することがあるのだ。デミランブ公爵に病気で寝たきりの娘がいることなど、プラトニックはあの屋敷に実際に入り込むまで知らなかった。

結局その娘に顔を見られ『黒光りの水晶玉』を盗むことは失敗してしまった。

さらにはプラトニックの似顔絵が手配書となって各地に出回ったのが痛手だ。あの娘にはどうやら絵心があったようで、彼女の描いた似顔絵はプラトニックの顔の特徴をとてもよく捉えていた。それ以降、仕事がやりにくくなってしまった。

せめてもの抵抗に髪型だけは変えてみた。短かった髪を伸ばし、ツインテールの形に結んでみた。仕事をするのには多少邪魔になったが、手配書の似顔絵にある自分の姿とは少し違って見えるようになった。それでも、以前より人と会うことを注意しなければならないのに変わりはなかった。

プラトニックは改めてコンチータ領を見回した。すぐ目の前には小さな木造の小屋があり、柵に囲まれた庭先には数匹の鶏が放し飼いにされている。もう少し先の方では数軒の家が立ち並んでいる。

たぶん、あそこを進めば町に入ることができるのだろう。

目的の場所はすでにわかっている。プラトニックが今いる場所からも、山の中に建っている大きな屋敷が見えた。あれがコンチータ領の領主・バニカ＝コンチータの住む屋敷のはずだ。

しかし、その前に立ち寄るところがあった。

（『組合』の隠れ家は……確か、ここから南に行った所ね）

♥　♥　♥

プラトニックが故郷の国以外の場所でトラウベンの木を見るのは、初めての事だった。

「ベルゼニアでもトラウベンって育つのねー」

トラウベンの実はワインの原材料として使われることが多い。だからエルフェゴートではトラウベンの木がある場所の近くには大抵ワインの醸造所があるのだが、ベルゼニアでもそれは同じようだった。

傍に建っている石造りの小屋を覗くと、奥の方に大きなワイン樽が積まれているのが見えた。

職人らしき男がプラトニックの姿を見つけ、のんびりとした足取りで近づいてきた。

「お嬢ちゃん、『コンチータ・ワイナリー』に何か御用かい？　……ん、あんたその髪の色……もしかしてエルフェ人かい？　外国人をこのコンチータ領で見かけるのはずいぶん久しぶりの事だな」

「へえ、そうなんだ」

プラトニックはわざとらしくとぼけてみせた。

「もしかして、ここで働きたいってのかい？」

「ううん。私は『ブルーノ』さんに会いに来たの」

「ああ、そっちか。だったら地下に行きな。裏手に回って、水路を辿って行けばいけるから」

「ありがとう、おじさん」

プラトニックは言われた通りに小屋の後ろに回った。すると男の言う通り、そこには水路らしきものがあった。大人が一人、ようやく入れるくらいの小さな穴だ。

プラトニックはズボンを濡らしながら水路を進んでいった。やがて急に開けた場所に出たかと思うと、そこは小さな部屋になっており、数人の男がトランプでの賭け事に興じていた。

「ん──誰だてめえ！」

プラトニックに気がついた男の一人が、トランプを投げ捨てて剣を抜いた。だが彼の相手をしていたもう一人のいかつい顔の男性が、さっと彼の手を押さえる。

「いいんだ。彼女は客だよ」

その男はプラトニックの元に近づき、傍に置いてあった椅子に座るよう促した。

「AB-CIRから話は聞いているよ。怪盗プラトニックさん」

「あなたがここの『ブルーノ』さん？」

「そうだ。金は用意してあるか？」

「ええ、ここに」

プラトニックは可愛らしいハートの模様が入った布の包みを取り出した。彼女がそれを机の上で広げると、中には十数枚の銀貨が入っていた。

「いいだろう。では早速本題に入ろうか」

♥
♥
♥

『組合』はエヴィリオスの各地に密かに存在し、それぞれの支部の長は皆『ブルーノ』という名で呼ばれている。

彼らの仕事はプラトニックのような裏稼業の人間の手伝いをする事だ。人材や仕事を紹介したり、ターゲットの情報を提供したり――もちろん、それなりの報酬も要求してくる。

プラトニックは自分の盗賊としての才能に自信を持っていた。だから駆け出しの頃を除けば、あまり『組合』を利用することはなかった。彼らに頼ることは、それだけ仕事の報酬が目減りする事を意味するからだ。

ただ、今回AB-CIRが提示してきた報酬の金額は、プラトニックがこれまで行ってきたどの仕事の報酬よりも高いものだった。彼は最近ライオネスのヘッジホッグ卿に仕え始めたようだから、以前よりも金回りが良くなっているのかもしれない。しかし、報酬が多いということはそれだけこの仕事が難しいものである、ということも意味していた。

デミランブの屋敷でプラトニックが失敗したのは情報の収集を怠ったからだ。同じようなミスは許されない。『組合』は高い金を取るが、それに見合った物があるのも確かだ。

「コンチータ領に来るのは初めてか？」

ブルーノはプラトニックと向かい合うように、木製の椅子に足を広げて腰かけた。

「ええ」

「じゃあまずは、今のコンチータ領の状況について説明してやろう。ここにやってくるまで、色々と大変だったろう？」

「そうね。やたら領内への人の出入りに、注意を払っている感じだったわ」

首都から近い土地とはいえど、コンチータ領は他国と隣接しているわけでもなく、政治的に重要な拠点があるわけでもない。

あえて言えば北西にある城郭都市ぐらいだが、あそこははるか昔、まだベルゼニアが西のタサン大帝国と争っていた時の遺物であり、今では要塞としての需要もない平凡な町に過ぎないはずだった。

なぜあんな出入りの制限を行っているのか、プラトニックにはよくわからなかった。

「女帝ジュノの命令のせいだ。彼女はここで起こっている異変を外に知られることを恐れているのさ」

ブルーノはそう説明をする。

「異変？」

「バニカ＝コンチータだよ。あの女領主がここんところ、異常な行動をとるようになっているんだ」

コンチータについてプラトニックが知っているのは、彼女がベルゼニアの食文化を改善して、その功績で領主になった、ということぐらいだった。

ブルーノ曰《いわ》く、領主になった二年後に、突然倒れてしまったことがあったのだという。

「一時は命も危ないとさえ言われていたが、何とか無事に回復した。そこからだ――コンチータの様子がおかしくなったのは」

回復した後のコンチータが最初に公の場に姿を現したのは、グレイビア領主オルハリ公爵の邸宅で開かれた晩餐会だったそうだ。

「彼女はそれまで、たいそう太った女性として知られていたんだが、晩餐会に出席したコンチータは以前とは打って変わって痩せた体型になっていたって話だ」

「病気でやつれたってことかしら？」

プラトニックの推論に対し、ブルーノは頷きこそしたものの、どこか納得がいかない様子で話を続ける。

「そうかもしれないな。だが重要なのはそこじゃない。コンチータは晩餐会での食事の後、その場で自分が用意していたあるものを食べ始めたんだ。それを見ていた周りは騒然となったんだ」

「一体、何を食べたっていうの？　コンチータは」

ブルーノは一旦、言葉を止めて間を置いた後、険しい顔で答えた。

「……蟲だよ。生きたままのな」

「うわ、キモ」

蟲を食べるなど、よほど飢えて切羽詰まった貧乏人か、人里離れた場所に住む魔女くらいなものだろう。

(そういえば、コンチータの屋敷は町から離れた山中に建っていたけれど……まさか、ね)

プラトニックは自分の脳裏に湧き上がった妄想をかき消した。

「貴族が公の場でそんな物を食べるなんて、もってのほかなんじゃないの？」

「そうだな。その晩餐会以降、コンチータがパーティーに呼ばれることはなくなったそうだ」

「当然でしょうね」

「その後コンチータは、一人の男を屋敷に雇い入れた。彼はゲテモノ料理を作ることで知られる東方の料理人で、見たこともないような奇怪な生き物を使った料理を作り、毎日のようにそれをコンチータに食わせたんだ」

「具体的にはどんな――」

プラトニックは訊きかけた直後、慌ててそれを取り消した。

「あ、いいや。やっぱり言わなくていい」

「それが賢明だ。俺はメニューを聞いたその日、一日中飯が喉を通らなかったからな。やがてコンチータはそれでも満足できなくなったのか、さらにとんでもないものを喰い始めるようになった」

「……概略。概略だけ教えて」

「例えばキノコなんかには食べてはいけない種類というものが存在する。プラトニック、お前はメラルガダケを食ったことはあるか？」

「あるわけないでしょ」

メラルガダケとは、食べると身体中が火傷《やけど》したように赤く腫れ上がるという、いわば毒キノコの代表格と言える存在だ。

「だがコンチータはそれを食べた。植物だけじゃない。動物にも毒を持つものがいるが、それらも毒抜きせずに食べることを繰り返したんだ。しかし彼女は死ぬどころか、床に臥《ふ》せることすらなかった」

段々雲行きが怪しくなってきた、とプラトニックは感じていた。

蟲を食べ、毒を喰らう――コンチータは本当に魔女なのかもしれない。

「変人で知られた東方の料理人も、雇い主の異常な胃袋をさすがに気味悪がって、屋敷から逃げ出してしまったそうだ。その後もコンチータは次々と料理人を雇い入れたが、長続きする者はいなかった。彼女の悪食はますますエスカレートしていき、寄生虫や嘔吐物、果ては排泄物までも食材に――」

「もういいわ。吐きそう」

「吐いたらそれを包んでコンチータの屋敷へ持っていくといい。彼女なら買い取ってくれるかもしれないからな」

ブルーノが冗談っぽくそう言ったが、プラトニックは笑えなかった。

「やめてよ——とにかくコンチータが異常者だってことはよくわかったわ。『五公』の一人がそんなだと知られるのは、女帝にとっても都合が悪いのでしょうね」

「コンチータ家は前領主も問題を起こして、領主の座を追われているからな」

「ならコンチータもさっさと辞めさせればいいのに」

「コンチータが領主になってからまだ三年しか経っていないし、しかも彼女を任命したのは女帝ジュノだ。そう頻繁に領主を挿《す》げ替えれば、女帝の任命責任が問われる……まあ、ざっとそんなところじゃないか？」

さすがの『組合』でも国の中枢部の考えまでは、はっきりと摑めているわけではなさそうだった。

「今じゃコンチータの悪食っぷりは領民にも知れ渡っている。領民はあの屋敷に近づくことすら避けるようになっているよ。あの辺りは何やら生き物の腐ったような臭いが、常に漂っているからな。屋敷に侵入する時はマスクをつけていくことをお勧めするよ」

「——まあでも、主が変人でも仕事自体にそれほど影響はなさそうね。私の目的は、あの屋敷からワイングラスを盗み出すってだけなんだし」

「そうとも言い切れんかもしれんぞ。コンチータは毒を食っても平気な女なんだ。もしかしたら実はバケモノなのかもしれん」

ブルーノにとってはまた冗談のつもりで言ったのかもしれないし、半分本気だったのかもしれない。彼の表情は緩んでいたものの、決して笑ってはいなかった。

「怖い怖い」

プラトニックは怯えるように自らの肩を抱く仕草を見せたが、別に本気で怖がっているわけではなかった。仮に本当にコンチータが普通の人間でなかったとしても、彼女の仕事にさして影響があるわけではないと考えていたのだ。

「でも見つからなければいいってだけの話よ。私はモンスターを打ち倒しにいく勇者なんかじゃありませんもの」

「だといいがな。今までに AB-CIR に雇われてあの屋敷に忍び込んだ盗賊達は、皆行方をくらませちまった。あの女領主に喰われたんじゃなければいいが」

ブルーノの言葉に、プラトニックは顔をしかめた。

「——何それ。そんなの初耳なんだけど」

「ん？　何がだ？」

「私の前に AB-CIR に頼まれた盗賊がいたってことよ」

今回の依頼主である魔道師・AB-CIR はプラトニックにとって旧知の人間だった。彼は元々プラトニックの師匠の顧客だったが、師匠が死んだあとはプラトニックが彼からの依頼を請け負うようになっていた。

いくつかの仕事を経て、お互いに信頼関係を築き上げてこれたとプラトニックは思っていたが、ど

うやらそれは彼女の誤解だったようだ。

「あいつ、そんなの一言も私に——ハンサムじゃなけりゃぶん殴ってるところだわ」

「ハッハッハ。それは災難だったな」

声を上げて笑ったブルーノを、プラトニックはキッと睨み付けた。ブルーノは彼女をなだめるように両手を自分の胸の前で広げた。

「まあまあ——だがエヴィリオス一の盗賊であるお前なら、なんとかなるんじゃないか？　AB-CIRもお前の腕を買っているからこそ頼んだのだろうしな」

「……いいわ、やってやろうじゃないの。屋敷の間取りと中にいる人数、教えて頂戴！」

プラトニックは机に手をつき、鼻息がかかるほどブルーノに顔を近づけた。

♥　♥　♥

翌日の夜、プラトニックはすでにコンチータ邸への侵入を開始していた。

彼女は観光でこのコンチータ領に来たわけではない。仕事は迅速に行い、もらえる物をもらったらさっさと逃げ出し、そして報酬を手に入れる。それが彼女のモットーだった。

「とりあえずここまでは楽勝だったわね」

屋敷は、プラトニックの身長の倍程度の高さはあるだろう石レンガの外壁で囲まれていた。だが、彼女にとってこの程度の高さの壁など障害になりはしない。師匠から伝授された壁のぼりの技さえあれば、皇城の城壁すら越えられるのだ。

ましてや、この屋敷には警備の兵も常駐していない。事前に得た情報によると、屋敷にいる人間は主のコンチータと侍従が二人、それに雇われコックの計四人だけ、とのことだった。どうもコンチータは身の回りに最低限の人間しか置いていないようだ。

庭内では豚や鶏、牛などの家畜がうろつきまわっており、プラトニックはそれらに姿を見られないよう近くの木に身を隠した。動物達に騒がれて、自分の存在を屋敷の中の人間に気がつかれたら厄介だからだ。

動物達の存在も『組合』の情報通りではあった。しかしプラトニックは近くを歩く牛を見て、それが普通の牛とはだいぶ異なることに気がついた。

「何、あれ……」

牛には体毛がなく、ひび割れた白い皮が露出していた。

その白さは到底、自然のものとは思えないほどで、まるで白い塗料を塗りたくっているようにすら見えた。

蹄も皮同様に真っ白で、しかもあり得ないほど長い。そのせいで歩きにくいのか、牛はよろけるように前に進み、たまに屋敷の壁に体をぶつけたりもしていた。

さらに異様なのは目の部分だ。そこにあるはずのつぶらな瞳は存在せず、えぐられたような穴が開いているのみだった。

周りを見渡したプラトニックは、牛だけではなく豚や鶏も同じ特徴を持っている事を確認した。みな一様に白く、爪が長くて目が空洞だ。

プラトニックは自らの口と鼻を覆っていたマスクを一瞬だけ外し、すぐに元に戻した。その刹那《せつな》の間だけで屋敷を漂う異臭がこの家畜達のせいであることがよくわかった。

コンチータは珍しい物を好んで食しているという。もしかしたらこれらの生き物もプラトニックが知らないだけで、どこかに存在していた珍種なのかもしれない。しかし、これらの白い動物を調理して食べたところで、間違いなく美味しくはなさそうだなとプラトニックは思った。

そもそも彼女は基本的に菜食主義者なのだ。宗教上の理由で肉を食べてはいけない、というわけではなく、単に子供の頃から肉の生臭さがどうにも受け付けず、口にするのが嫌だった。両親には「好き嫌いをしてはいけない」とよく怒られたものだ。

しつけの厳しい親達だった。所詮はメリゴド高地などという田舎の領主に過ぎないくせに、やたら世間体を気にするその態度がプラトニックはずっと気に入らなかった。

お金は大好きだが、そのために実家を頼る事だけはしたくない。そもそも家を飛び出してずいぶん経っているので、とっくに勘当されているかもしれないが。

自由に生き、お金を貯めていつか都会にオシャレな一軒家を建ててそこで暮らす——それがプラトニックの夢だった。

そのためには、まず目の前の仕事を片付けなければならない。『コンチータのワイングラス』を手に入れてAB-CIRに渡せば莫大な報酬を得られるのだ。それは彼女が夢に一歩近づくことを意味する。

「さて、と」

プラトニックは軽やかな身のこなしで木をよじ登った。天辺《てっぺん》まで辿りついた彼女は鉄のフックが付いたロープを取り出し、それを数回振りまわした後に屋敷の屋根にある煙突を目がけてフックの部分を投げつけた。

フックが煙突に引っかかったのを確認すると、プラトニックはロープのもう片方の端を木の枝に結ぶ。これでロープによって木と煙突が繋がる形になった。

プラトニックはロープを伝って屋根まで移動し、ロープを回収した後に煙突を覗き込む。落ちても大丈夫な高さであることを確認し、彼女は煙突の中に勢いよく飛び込んだ。

♥　♥　♥

煙突は三階の部屋の暖炉に繋がっていた。部屋の灯りは使われておらず、真っ暗だ。

屋敷内の臭いは庭よりかはだいぶましなようだ。プラトニックは恐る恐るマスクを顎まで下ろした後、それを外して服の胸元に放り込んだ。

この部屋が現在使われていないのをプラトニックは知っていたが、かといって灯りをつけるのは屋敷内の人間に気づかれる可能性があり、危険だ。彼女は暗闇に目が慣れるのを待ち、足音を立てないように、なおかつ素早く歩いて部屋から出た。

情報によると屋敷は三階建てで、一階に十三、二階に九、三階に六つの部屋がある。それ以外に地下に四つの部屋が存在し、そのうちの一つが宝物庫として使用されているという。

ワイングラスはこの宝物庫にある可能性が高いが、ひょっとするとコンチータの私室にあるかもしれない。ワイングラスという特性上、食堂や調理場に置いてあるという選択肢も否定できない。

プラトニックはまず、地下の宝物庫を目指すことにした。プラトニックが今いる場所から地下に行くにはどうしても調理場を通る必要があるので、途中でそこを探ってから宝物庫へ行く。そこにワイングラスがなければ一階に戻って食卓の間を調べ、それも外れなら三階にあるコンチータの部屋にどうにかして入り込むしかないだろう。

階段はプラトニックのいる場所のすぐ近くにあった。石の階段は踏んでもあまり大きな音を出すことがないのが彼女にとってはありがたかった。これが木製だと、より深く注意を払わなければならなくなるのだ。

一階に降りて右に進むとすぐに調理場があった。鍵はかかっておらず、プラトニックはたやすく中に入ることができた。

部屋に入った途端、あの嫌な臭いが再びプラトニックの鼻を突く。彼女はあわてて胸元からマスクを取り出して装着した。調理場にワイングラスがあるか探る必要があったが、それよりも彼女の目を奪ったのは、室内のあちらこちらにぶら下がっている純白の肉の塊だった。

プラトニックが屋敷に侵入した時に使った道具と同じような鉄のフックが、天井にいくつも備え付けられている。それらの先端に突き刺さっているのは、間違いなく庭にいた家畜達の成れの果てだった。

「やっぱり、食べるんだ……」

プラトニックは興味本位で肉塊の一つを指先で触ってみた。

その肉には弾力性がほとんどなく、まるで石のように硬い。干しているせいで水分が抜けて硬くなったのか、それとも生きている時からこうだったのかはわからなかったが、いずれにせよやはりこれを食べてみようという気にはなれなかった。

部屋の真ん中には細長い石の机があった。おそらく作業台なのだろうその机の上には、作りかけと思われる数々の料理が無造作に置かれていた。

ボウルの中には様々な種類の草花が細かく刻まれた状態で放り込まれている。横には太い木の棒が置いてあり、先端に潰れた草が付着していることから、おそらくこの棒でボウルの中の草花をすりつぶしているところだったのだろう。その草花は非常にカラフルで、葉の部分がピンク色だったり、根の部分が紫色だったりした。

鍋には琥珀色のスープが入っており、そこに真ん中が漏斗《ろうと》状にくぼんだキノコが浮かんでいた。プラトニックにはそのキノコが何であるかすぐにわかった。間違いなくメラルガダケだ。

ティーポットの中ではどす黒い豆が水に浸されていた。その水も豆と同様に黒く変色している。

机から離れ窯を覗き込むと、中には真っ黒に焦げたブリオッシュらしきものが転がっていた。上部には緑色をした粉状の何かが振りかけられている。よく見てみるとそれは粉ではなく、カビだった。

それらを見てもまったく食欲が湧かないのは、プラトニックが事前にきっちり腹ごしらえをしてきたせいだけでは決してないだろう。

プラトニックは部屋中を探ってみたが、ワイングラスらしきものはどこにも見当たらなかった。どうやらここに目的のものはないようだ。

調理場には三つの扉があった。

まず一つはプラトニックが入ってきた南のドア。今はまだこちらを開けて戻るわけにはいかない。

西のドアは庭へと続いているはずだ。プラトニックは当初、ここから屋内に侵入する計画を立てていたが、施錠されている可能性も考え、より確実な煙突からの侵入案に切り替えたという経緯があった。

プラトニックは残る北のドアを開けて調理場を出た。南のドア同様、やはり鍵はかけられていなかった。扉の向こうは謁見の間の裏手にある廊下に続いており、地下へ行ける階段はそこにあった。

♥
♥
♥

ここまでは比較的順調に進んできたプラトニックだったが、彼女は地下に降りてきたところで、自分が今日初めての難題に直面した事を悟った。

プラトニックが降りてきた階段は地下の中央に位置しており、北東、北西、南東、南西にそれぞれ部屋がある。宝物庫は南東の部屋のはずだ。

しかしながら、その反対側――北西の部屋から、陽気に歌う男女の声が聞こえてきたのだ。

「♪うーやーまーいーたーたえよー」

「♪われらがいだいなコンチータぁー」

どうやらまだ誰かが起きていたようだ。

退《ひ》くか進むか――プラトニックは悩んだ。幸いにも歌声が聞こえてくるのは宝物庫とは反対の部屋だ。静かに行動すれば見つからずに宝物庫に入り込めるかもしれない。

ただ、さすがに宝物庫にまで鍵がかかっていないことは考えにくい。鍵を壊すのに手間取っているうちに彼らが外に出てきたら、間違いなく鉢合わせになってしまうだろう。

(今日のところは出直した方がいいかもしれないわね……)

プラトニックがそう判断し、階段を引き返そうとした時だ。

「きゃあ！」

柱の陰から何かが飛び出し、彼女の右腕に噛みついてきた。

「ガウッ、ガウゥ!!」

「――このぉ!!」

プラトニックは腕を大きく振り回し、噛みついてきたものを引きはがした。

それは縦に回転しながら壁に激突し、その場に倒れ込んだが、すぐに起き上がると、唸り声をあげながらプラトニックを睨んだ。

プラトニックの右手首には大きな歯形が残っており、血がにじんでいた。

「……豚!?」

睨んだ、とはいってもその豚には外の家畜同様、眼球がなかった。ただ二つのくぼみがまっすぐプラトニックの方を向いているのみだ。毛がない白い身体や長い蹄は庭にいた家畜と同じ。ただ一つの違いとして、その豚は薔薇の花が付いた首輪を身に着けていた。

歌声はいつの間にか止んでいた。プラトニックがそれに気づいた時、彼らはもう、豚の背後に二人並んで立っていたのである。

彼らはおそらく、この屋敷にいるという双子の侍従だろう。確かにその顔はよく似ていた。

「盗人《ぬすっと》を見つけたのね。お手柄よ、ムララちゃん」

侍従の一人――女の子の方が豚の頭を撫でた。ムララというのはこの豚の名前なのだろう。だが、それは今のプラトニックにとってどうでもいいことだった。

（まずい、見つかっちゃった！）

相手はまだ子供のようだったが、それでも二対一。豚も数に入れれば三対一だ。

子供、といってもそれはプラトニックも同じだった。彼女はこの前の誕生日に十六歳になったばかりなのだ。

プラトニックは仕事の際に人を殺したことはなかったし、今後もそのつもりだった。だからこういった場合、プラトニックがとれる手段は一つしかない。

「さあて、今回の相手はどう料理してやろうか、ゲヒヒ」

男の子の侍従が幼い顔立ちに似合わない笑い声を上げた。

「ちょっとポロ。何よ、その下品な笑い方は」

「なんかこの方が悪人っぽくてよくない？　アルテもよかったら真似《まね》してみなよ。特別に許可するから」

「なんで私達が悪人なのよ！　悪いのは人様の家に勝手に入りこんでるこの女の方でしょうが！」

「なるほど。でも、やっぱ気に入ったからこの笑い方でいいや、ゲヒヒ」

双子の侍従――アルテとポロがくだらないやり取りをしている隙に、プラトニックは紙で作られた丸い玉をこっそりと胸元から取り出した。

プラトニックの服の裏地にはポケット状になっている場所があり、そこにいくつかの道具が収められている。この丸い玉もそんな道具の一つだ。

「喰らえ!!」

プラトニックは双子に向けて玉を投げつけた。玉はアルテの左肩にぶつかり、その瞬間に勢いよく爆発した。

弾《はじ》けた玉から一斉に灰色の煙が広がっていき、辺りの視界を奪っていく。

「ゲホッ——な、何これ!?」

「煙いし目ぇ見えないし肩痛いし!!　最悪!!」

煙に紛れてプラトニックはその場から逃走を試みる——が、どうも薬剤の分量を間違えたようだ。煙の勢いが強すぎて彼女自身も方角を見失ってしまい、階段の場所がわからなくなってしまった。

(ううっ……とにかく、今のうちにどこかに!!)

わずかに煙が途切れた先に扉が見えた。プラトニックは咄嗟《とっさ》にそこに飛び込む。

——そこは先ほどまでアルテとポロのいた部屋のようで、灯りがまだついていた。

ここは食料貯蔵庫らしい。調理室をはるかに凌《しの》ぐ量の食材が棚にぎっしりと収められていた。やはりいずれも怪しげなものばかりだ。

しかし、プラトニックはそれらではなく、壁際に鎖でくくりつけられたものに目を奪われた。

それは人間の死体だった。死体が両手を広げて、磔《はりつけ》になっていたのだ。服装から察するにおそらくはここで働いていたコックであろう。

(あの双子は、ここで何をしていたっていうの？)

そもそもこのコックはなぜ死んだのだろうか？　病気か、事故死か、それとも――。

「どこだー盗人ぉー。どこに行ったー、ゲヒヒ」

「かかってきなさい！　戦争、戦争よー」

部屋の外から双子の声が聞こえてくる。とりあえず身を隠せる場所を探そうと、プラトニックが部屋を再び見回した時だ。

(……！　これは!?)

死体のすぐ傍、棚の上に無造作に置かれているグラスを見つけた。

その中には真紅の液体が注がれている。

ほのかに赤味を帯びた、歪みのない曲線のワイングラス――それは間違いなく、プラトニックが探し求めていたものだった。

(あった!!　『コンチータのワイングラス』)

プラトニックは反射的にそれに手を伸ばした。だが焦っていたせいか掴み損ね、彼女の手をすり抜けたワイングラスは軽く跳ねた後に床に転がった。

(あ!?　ヤバい！)

すぐさまプラトニックはそれを拾う。幸いにもグラスには傷一つついていなかった。だが中の液体は全てこぼれ落ち、礫になっていた死体の足にかかってしまった。

（ワインでも飲んでたのかしら？　まあ、グラスさえ手に入れば問題ないわよね）

あとはどうにかして、ここから逃げ出すのみである。

外の声はいつのまにか聞こえなくなっていた。彼らはプラトニックを探して上に行ったのかもしれない。

プラトニックは部屋の扉を少しだけ開けて、外の様子を窺ってみた。

煙はすでに晴れていた。廊下に人影はない。まずい状況に変わりはないが、とりあえずこの部屋から出ることはできそうだ。

プラトニックがさらに扉を開けようとした、その時だ。

背後から「ガタッ」という音がした。プラトニックは咄嗟に振り返り、その音が鳴った原因を知ると、軽く悲鳴を上げた。

――死体が動いている。液体がかかった足の部分だけが元の肌の色よりさらに白く染まっており、地団駄を踏むようにばたつかせていた。

（もしかして、まだ生きていたの!?）

その考えが間違いであると悟るのに時間はかからなかった。

白い部分は徐々に広がっているようで、やがて彼の上半身も白くなっていった。顔まで白くなった時、彼の眼球が両方ともポロリと床に落ち、髪の毛も瞬《また》く間に抜け落ちてしまった。

ここに居続けるのは危険だ。

プラトニックは本能的にそう感じた。白い死体が巻きついた鎖を解《ほど》こうともがいているうちに、彼女は部屋を飛び出した。

♥　♥　♥

プラトニックは階段を駆け上がり、一目散に調理場を目指した。

脱出の際には侵入した時と同じ煙突を使うのが当初の予定だったが、家人に見つかってしまった以上、わざわざそこまで行く必要はない。さっさとあの勝手口から外に出るのが賢明だろう。そう判断して彼女は調理場に飛び込んだのだが、ここで再び行く手を遮られることになった。

そこにいたのは、赤いドレスを着た女性だった。

切れ長の目に、しなやかな肢体。身体の細さならプラトニックも自信があったが、胸の大きさでは完敗だ。

この屋敷にいるのは四人だけのはずである。双子の侍従にはもう会った。コックは地下で死体になっていた。

つまり、目の前にいる美しい女性は――。

この屋敷の主、バニカ＝コンチータだということになる。

コンチータはプラトニックにゆっくりと近づくと、彼女の着けていたマスクを下にずり降ろした。

「真夜中の耽美な営みに興じようと調理場に来てみれば……とんだ可愛い侵入者に出会ってしまったわね」

「ま、『真夜中の耽美な営み』!?」

その言葉の意味はよくわからなかったが、プラトニックはなんとなくいやらしい事を想像してしまった。

「そ。わかりやすく言うなら、『夜中に小腹が空いたんで食べ物をつまみに来た』ってところかしら♥」

コンチータは微笑みながらプラトニックの右腕を掴んできた。それはあの白い豚の噛みつく力よりもよっぽど強く、プラトニックは引きはがすことができなかった。

「とりあえず、これは返してもらうわね」

コンチータはプラトニックの手から、ワイングラスを奪い取る。その後もなお、コンチータはプラトニックを離さずに、吐息がかかるほど近くまで顔を寄せてくる。

「本当に可愛いわね……食べちゃいたいくらい♥」

コンチータの言葉を聞いてプラトニックはまたいやらしい事を考えてしまったが、その想像が正しくても間違いであっても、彼女がピンチな事に変わりはなかった。

このまま捕まったとして、ベルゼニア帝国の場合、罪人はその土地の領主が行う裁判にかけられることになる。殺人などの重い罪の場合は領主でなく皇帝自らが裁判を行うことはあるが、プラトニックの場合これには当てはまらないだろう。

つまり、いずれにせよ目の前にいるこの女がプラトニックの命運を握っていることになる。他の場所での盗みが裁判の結果に影響するかどうかはコンチータ次第だ。しかし事前に得ていた情報と、プラトニック自身が今日目撃した事象を顧《かえり》みれば、コンチータがまともでないことは明らかだ。無事に済む可能性は限りなく低いだろう。

それでも、普通に裁かれるのならばまだいい。隙を見て逃げ出せる望みだってある。問題はプラトニックより前に忍び込んだ盗賊が行方不明になっているという事実と、地下で見たあの死体だ。プラトニックは自分があの死体のようになる姿を想像し、身を震わせた。

「それじゃあ——」

コンチータが何かをしようと、一旦プラトニックから顔を離した。

プラトニックはその隙を見計らって再び胸元から煙玉を出そうとしたが、それよりも早く場の静寂を打ち破る者が現れたのである。

「UUUOOOOOO!!」

形容しがたい唸り声と共に、それはプラトニックの背後のドアを突き破って現れた。

コックの死体が動きだし、階段を上がってこの調理場までやってきたのだ。服は脱ぎ去られ、石灰石のように白い身体が全て露わになっている。

そして、その長く伸びた爪をプラトニック——ではなく、コンチータ目がけて振り下ろしたのだ。

「!」

死体の動きは緩慢で、コンチータは一瞬焦りの表情を浮かべたものの、自分を目がけて向かってくる爪をひらりとかわした。

プラトニックがその瞬間にできたコンチータとの距離を利用しないはずはない。彼女は西のドアに素早く体当たりをすると、庭へ飛び出した。

庭にいた多数の家畜達が一斉にプラトニックの方を見る。彼らが襲いかかる前にプラトニックは一目散にダッシュし、外壁に近づいたところでフック付きロープを使って一気に壁を飛び越えた。

追っ手がないことを確認しつつ、彼女はコンチータ邸から離れるためにひたすら走り続けたのだった。

♥　♥　♥

「……逃げられちゃったわね♥」

死体の振り下ろす爪を華麗に避けながら、コンチータは残念そうな口調でそう言い、それとは正反対の楽しそうな笑顔を浮かべた。

「イルデブランド。まったくあなたときたら死んでもなお、私を困らせるんだから」

コンチータは左手で素早く死体の右手首を握り、続いて右手で相手の左手を掴むと、そのまま力任せに壁際に押し付けた。

死体はコンチータから逃れようと暴れ続ける。彼は顔を大きく前に突き出し、コンチータの首元に勢いよく噛みついた。コンチータは小さく呻き声を上げた後、すぐさま右手を離し、その手で死体の頭を掴み直して自分から引きはがした。

彼女の首から鮮血が噴き出す。だがそれも一瞬の事だった。首元についた牙の傷跡は見る見るうちに塞がっていき、流れる血も止まった。

「お仕置きが必要ね。イルデブランド」

バニカは大きく口を開けた。

「さて……あなたはどんな味がするかしら？」

そのまま、先ほどのお返しとばかりに、死体の首筋に噛みついた。

♥　♥　♥

十日後、コンチータ邸から無事に逃げ出したプラトニックはライオネス国にいた。ヘッジホッグ卿の城にいるAB-CIRに仕事の報告をするためだ。

城の中央部に建つ時計塔。その地下にある部屋は全て牢屋になっており、罪人や戦争捕虜達が捕らえられている。AB-CIRはその地下通路の前にいた。

「――それで、おめおめと逃げ帰ってきたというわけか。目的も果たせずに」

彼は右肩に乗せた赤猫の頭を撫でながら、呆れたようにため息をついた。

だが、文句を言いたいのはむしろプラトニックの方だった。

「当ったり前じゃない！　あんなバケモノがいるだなんて聞いてなかったわよ!!」

異常者、なんて生易しいものじゃない。あの屋敷は人智を超えた存在が棲まう悪魔の家だった。その事をAB-CIRが知らずに依頼してきたとは思えない。

AB-CIRの周りにはいつだってキナ臭い話が付きまとっている。今いる城の城主・ヘッジホッグ卿もかなり怪しい人物だ。この地下にいる捕虜達は順番に塔の上階へ連れて行かれ、拷問を受けた上で殺されているという。そしてそれは、ヘッジホッグ卿に仕えているこのAB-CIRがやらせているという噂もある。

顔と金払いさえよくなければ、プラトニックはこの男とかかわろうとなどと思わなかっただろう。マスクをしていたおかげで、コンチータ邸の侍従達には顔を見られなかったが、コンチータにはばっちり覚えられてしまっただろう。姿を知られた相手の家に再び忍び込む盗賊などいるはずもない。プラトニックはこの件から降りるつもりでここにやってきたのだ。

それはAB-CIRも察していたのだろう。彼は両手を頭の後ろで組み、悩んでいるような表情をした。

「しかし、お前でも無理となると、いよいよ打つ手が無くなったな」

「あなたが行けばいいじゃない。お得意の魔術でポンポンポンってやっつけちゃいなさいよ」

AB-CIRの武勇伝は亡き師匠から聞かされていた。プラトニックと同様、AB-CIRにもかつて師と呼ぶ人物がいたらしい。

炎を操る邪悪な女魔道師『アイアール』――AB-CIRは彼女に勝負を挑み、重傷を負いながらも見事に打ち倒した。彼がいつも右手に手袋をしているのは、その戦いの時に負った怪我を隠すためだという。それほどの実力があるならば、あの白い死体のバケモノにだって遅れをとることはないだろう、とプラトニックは思ったのだ。実際に彼が魔術を使うところを見たことはなかったが。

だが、AB-CIRは首を横に振った。

「僕は今、この国から離れるわけにはいかないんだよ。ワイングラスとは別に、ここでも探し物があってね」

「……とにかく、私はもうこの件からは降りるわよ」

いくら報酬が高くたって、命あっての物種だ。

「そうか。ならば仕方ない。お前には別の事を頼むとしよう」

「……また、危ない依頼じゃないでしょうね」

「まあ、大丈夫だと思うぞ。少なくともコンチータの方よりはな。報酬も今回渡すはずだった額と同じ程度のものを約束しよう」

命は大事だが、お金もその次くらいに重要だ。AB-CIRの言葉は微妙に信用できなかったが、今回『組合』に払った情報料の赤字分を早めに取り戻したいのも事実だ。

プラトニックが即答できないでいると、突然牢屋の一室から若い男の怒鳴り声が聞こえてきた。

「おい！　今、『コンチータ』と言ったな」

どうやらその男はプラトニック達の会話を聞いていたようだ。他の捕虜と比べて、ずいぶんと高価そうな衣服を身にまとい、青い瞳でこちらを睨みつけている。

「……誰？　この人」

プラトニックが訊くと、AB-CIRはこともなげにこう答えた。

「ん、ああ。この前マーロン国で捕まえてきた、あの国の王子様だよ。名前は……カルロスとか言ったかな？」

――余談ですが、この時AB-CIRがライオネス国で探していたのは『青いスプーン』だったと言われています。

彼は『大罪の器』と呼ばれる七つの道具を集めていました。『コンチータのワイングラス』もそのうちの一つだったと考えるのが自然でしょう。

AB-CIRは『大罪の器』のうち『剣』と『人形』を所持していました。『ワイングラス』も一旦、ムズーリから手に入れたのはすでに話した通りですが、彼は自らの不注意でマーロン国に捕らえられ、それらを一時手放す羽目になったのです。

強大な魔術を操るはずの彼がなぜ不覚をとったのか？　それは定かではありませんが、一説には彼が本来の実力を発揮できない状態だった、とも言われています。

歴史学者ヴィル＝ヤーコの著書にはこう書かれています。

〈AB-CIRは『彼』ではなく『彼女』だった。その本質が女性であるにもかかわらず、憑代《よりしろ》として男性を選ばざるを得なかった。その事情はAB-CIRの本領を失わせるのに充分であり、だからこそ魔道師はこの時代に置いて目立った動きを見せることがなかった。器集めを続ける傍ら、魔道師は新たな憑代も探していた。『怠惰の残りカス』の末裔であるプラトニックとの交流はその一環であると思われるが、結局のところ彼女の才能は魔道師を満足させることができなかった。この才能とは言わずもがな盗賊としての腕ではない。憑代としてプラトニックは不十分であると魔道師は判断したのだ〉

……よくわかりませんね。

さて、お口直しの後はいよいよ肉料理が参ります。
そして、コンチータの物語もここからが佳境なのです。

viande

肉料理――※※※※のステーキ

お待たせいたしました。

こちらが本日の肉料理、※※※※のステーキです。

最上ランクの※※※※の赤身を低温で三日間寝かせたことにより、旨味が存分に凝縮されておりますので調味料やソースなしでも美味しく――。


――え!? よく聞こえなかった?

じゃあもう一回言いますね。ステーキですよステーキ。

ステーキくらい食べたことあるでしょう?


――「そっちじゃない」?

――「素材の方を教えろ」?

――「なんでそこだけ小声で話す」?

まあいいじゃないですか。肉の種類なんて大して重要じゃありませんよ。

大切なのは調理法です。

とにかくこれはうちのシェフの自信作なんです。

さあ、召し上がってください。


――さて、バニカ=コンチータの話を続けますが、彼女が雇った十四人目のコックは死体になってしまったので、新たにコックを雇うことになりました。

十五人目のお抱えコックはマーロン人で、彼は自分の名をヨーゼフと名乗りました。

一方、コンチータ領ではさらなる異変が起き始めていました。住民が白いバケモノに殺されるという事件が発生したのです。

そのバケモノはもちろん、ワイングラスの不思議な力で死体が変化したものであったので、住民の訴えを領主は黙殺したのです。

しかしその後も白いバケモノによる事件が続きました。人の口に戸は立てられません。ついにそれらの事件は女帝ジュノの耳にも届くことになります——。


「お待たせしました。こちらが本日の昼食です」

青髪の男が、おずおずとコンチータの前に皿を差し出した。

皿の上には長い筒のようなものが巻かれた状態で置かれている。それは東方から取り寄せた虎の腸であり、さらにその中には細い紐のような蟲が詰め込まれていた。

寄生虫の腸詰め——それをコンチータは迷いなく口の中に放り込み、念入りに咀嚼し始めた。

静かな食卓に、寄生虫がつぶれるプチプチという音が響く。

「……ちょっとパンチが弱いわね。でも、悪くはない」

腸詰めを飲み込みナプキンで口の汚れをふき取った後、コンチータはそう感想を述べた。

「さすがは流浪の料理人、ヨーゼフね。結構な腕前だわ♥」

コンチータの笑顔は、その言葉がお世辞などではない事を示していた。

「あ、ありがとうございます」

褒められたはずのヨーゼフは、なぜか引きつった顔で礼を返す。

「昔、外国を旅していた時に、あなたの噂は聞いていたの。世界中を回って腕を磨いている、凄腕の料理人がいるってね。ぜひ会ってみたいと行方を追ったんだけど、その時は結局あなたを見つけることはできなかった。もうすでに死んでいるって話をライオネス国で聞いて以来、捜すのを諦めたの」

コンチータは『組合』を使って優秀な料理人や珍しい食材の情報を集めていた。

彼らとはコンチータが『食』の研究のために旅を始めた時からの付き合いだ。貴族が裏稼業の者達と交流を持つのは望ましい事ではない。しかし『組合』の情報網は表の人間達の当てにならない噂話よりは頼りになるものだった。

それに彼らは独自の流通ルートを持っている。基本的には武器や違法な薬など、コンチータにとってはあまり興味のない商品を扱っていたが、例えば今食べた料理に使われている虎の腸のような珍品も、彼らに頼めば比較的容易に手に入れることができたのである。

彼らはあらゆる権力に対して中立で、どんなに金を積んでもコンチータに従属しない。コンチータにとって不利益な情報も、おそらく『組合』は誰かに売り渡している事だろう。だがコンチータにそれを咎めるつもりはなかった。彼らの存在を容認することは、メリットが大きいからだ。

ヨーゼフが生きている、という情報も『組合』から手に入れた。彼らはヨーゼフの所在も把握していたので、コンチータは金を払ってヨーゼフを自らの屋敷に呼び寄せるよう指示したのだ。

最初にヨーゼフを見た時、コンチータは前に彼と会ったことがあるような気がした。誰かに似ているのだが、それが誰だったのか思い出せない。ヨーゼフの方はコンチータに見覚えがないようだったので、ただの勘違いだろうとその考えはすぐに頭から消えてしまった。

コンチータは彼が自分の誘いを断らないよう、破格の給金を約束した。それは皇帝の料理を作るコック達よりもはるかに高い額だった。

ヨーゼフの前に雇っていたコック達に対しても同様の手段をとっていた。彼らは最初のうちは金払いの良さに目がくらみ、自ら進んでコンチータに仕えたが、やがて徐々に元気がなくなり、口数が減り、頬がこけ、ついにはコンチータの前からいなくなってしまうのだ。

だが、その点においてヨーゼフは他のコックとは違っていた。コンチータが指示するゲテモノ料理の内容に戸惑うこともなく、淡々とそれらを作り上げていったのだ。一週間経っても彼が精神的に消耗している様子は見られなかった。

コンチータが彼に「今までもこういった料理を作ったことはあったの？」と聞くと、ヨーゼフはそれを否定した。

「作ったことがないからこそ、新たな料理の可能性を感じて、楽しいのです」

どうやらようやく望んでいた料理人に出会えたようだと、コンチータは喜んだ。

実のところ、料理に関してはアルテもそれなりにこなすことができる。コンチータが旅先で学んだ調理技術を実践するのは彼女の役目だったからだ。彼女がコックを兼任してくれれば新たな人間を雇う必要もなかったのだが、アルテはそれを嫌がった。それにアルテに料理をやらせると、度々《たびたび》手を抜いて適当なものを作る事があったので、コンチータとしてはちゃんと仕事をしてくれる専門のコックがどうしても欲しかったのだ。

「まだ食べ足りないわ、おかわりを頂戴」

コンチータは空になった皿をヨーゼフに突き返した。

「は、はい。ただいま――うわっ!!」

皿を受け取ったヨーゼフは慌てて調理場に戻ろうとしたが、身を翻して二、三歩進んだところで足を滑らせ、豪快に転んでしまった。

皿の割れる音が食卓の間に響く。

「イタタ……なんでこんなところに甘蕉《バナナ》の皮が――」

ヨーゼフは黄色い皮を拾い上げながら、唸り声をあげた。

「……まったく、料理以外の事となるとてんで駄目ね、あなた」

コンチータはヨーゼフを見下ろしながら、呆れ果てた口調でそう言った。

この男が頼もしく見えるのは料理をしている時だけのようだった。普段は常にオドオドしていて、どうにもぱっとしない。顔だけはそれなりに整っていたが、それが台無しになるほど駄目人間のオーラを漂わせていた。

「は、はあ……すみません」

ヨーゼフはようやく立ち上がると、申し訳なさそうに頭を下げた。

「食器の片づけはアルテかポロに任せて、あなたは調理場でひたすら料理を作ってなさいな」

「そうします……」

ヨーゼフは弱々しい足取りで調理場へと戻っていった。

——が、その途中でまた何かに足を取られて尻餅をついた。

「……なんでこんな連続で甘蕉の皮が落ちているんだ？」

どこかから「ゲヒヒ」という少年の笑い声が聞こえてきた。

♥　♥　♥

調理場に入った途端、ヨーゼフは猛烈な勢いで咳き込み始めた。

「ゲホッゲホッ……ちっ、発作か」

彼は胸のポケットから二つの小瓶を取り出した。中にはそれぞれ黄金色の粉末と青い液体が入っている。両方の小瓶の蓋を開け、内容物を机の上に置いてあったカップに少しだけ入れる。その上に水を注いでかき混ぜた後、ヨーゼフはそれを飲み込んだ。

「ふうっ……この頃はほとんど起きていなかったのにな」

最近は精神的な重圧の強い状況に置かれ続けることが多かったからかもしれない、と彼は自身の発作の原因を分析した。

敵国に捕らわれ、そこから解放された後すぐに正体を隠して他人の懐に潜り込んでいるのだ。自分でも気がつかないうちに心労が溜まっていたのかもしれない。

（バニカ＝コンチータ、か……）

彼は先ほどまで対面していた雇い主のことを思い返していた。

（十三年前とは見た目も性格も、すっかり変わってしまったみたいだな）

体型は太っていたのが嘘のようにスレンダーになり、性格にも気弱さは感じられない。彼が知る昔のバニカとはまさに別人だった。

もしも事情を知らずにどこかの町中で偶然再会していたならば、彼女があのバニカ＝コンチータだとは気がつかなかったかもしれない。

（フッ。まあ、それは俺も同じか）

ヨーゼフは心の中で自嘲した。

バニカは自分の正体に気づかなかった。

それは十三年という月日の経過による見た目の変化のせいだけではない。

ヨーゼフは今、本来とは別の顔になっていた。それは身分を偽っているという意味だけではない。

物理的に彼の顔は別人のものとすり替わっていたのだ。

AB-CIRという男の魔術によって。

正確には、彼の持つ剣『ヴェノム・ソード』の力によってだ。

彼の本当の名は『カルロス＝マーロン』。

マーロン国の第三王子だ。

♥　♥　♥

AB-CIRという男を、カルロスはただのペテン師だと最初は思っていた。

しかし彼に捕らえられ、顔を変えられたことで、AB-CIRが本物の『魔道師』だったということをカルロスは認めざるをえなくなった。

あのまま捕らえられ続けていれば、間違いなく政治の道具として利用されていただろう。それだけではない。マーロンとライオネスの関係を考えれば、殺されていてもおかしくはなかった。

どちらもカルロスにとっては御免こうむりたいところだった。なんとか脱走できないものかと牢屋で思案していた時に、あの盗賊とAB-CIRの会話を聞いたのだ。

縁談話が無くなった後、バニカと直接会うことはなかったが、彼女の活躍ぶりはマーロン国にも届いていた。各国を旅し、それぞれの地で『食』について学び、それをベルゼニアの発展に活かしている、と。

「食べることが好き」と言っていたバニカらしいな、とカルロスは思い、それと同時に彼女がそれほどの行動力を発揮したことに驚きもした。

自分はと言えば、相変わらず王室でくすぶり続ける日々を送っていた。内気だったバニカがそこまで積極的になっているというのに、自分は何も変わっていない。

そもそもなぜあの時、自分はバニカと結婚することを押し通せなかったのか。強がってはいても、結局、より強い者達には歯向かえない。そんな自分が情けなかった。

少しでもバニカに近づけたら、という思いからカルロスは王室お抱えのコックに料理を学び始めた。もちろん、そんな事で彼女に追いつけるはずもなかった。そもそもの『食』への情熱がバニカと自分とでは違うのだ。それでもなんとか、それなりの技術を身につけることはできた。あくまで趣味の範囲から抜け出せないレベルでしかなかったし、作った料理を食べてくれる相手もいなかったが。

バニカがおかしくなっているという話は、AB-CIR達の会話によって初めて知った。コンチータ領の領主になったという話題を最後に、彼女についての噂は聞かなくなっていた。おそらくはまた女帝ジュノが外部に情報が漏れないように操作したのだろう。

カルロスはその場でAB-CIRへの協力を申し出た。一つは牢屋から抜ける口実を得るため、そしてもう一つは……もう一度彼女に会って、真実を確かめたかったからだ。

十三年前のあの会食の時にバニカがとった行動——もしかしたらあれが関係しているのかもしれない。そうだとしたら今度こそ逃げずに、彼女と向き合いたい。

もしも許されるなら今度こそ——。

AB-CIRはまず申し出を却下してくるだろうと、カルロスは覚悟していた。そうなった時の説得材料もカルロスは用意していたのだが、AB-CIRはあっさりカルロスの願いを受け入れたのだ。

「なるほど——それも面白そうだな」

彼はほくそ笑みながらカルロスを見て、そう言った。

それを横で聞いていた女盗賊が口を挟む。

「いいの？　間違いなく逃げるための口実だと思うけど」

「それならそれで構わないさ。彼は僕が捕らえたんだ。逃がすのも僕の自由のはずだ」

カルロスの推察とは異なり、AB-CIRはマーロンとライオネス間の関係や戦争自体には、さして興味がないようだった。

「人手が足りない以上、利用できるものは全て利用しなくてはな。彼がコンチータの知り合いだというならば、それが役に立つこともあるだろう」

しかし女盗賊は、AB-CIRの意見に納得がいかない様子だった。

「顔が知られている方が、むしろまずいんじゃないの？　コンチータは他人を屋敷から遠ざけている。堂々と入れるのは侍従とコックくらいよ」

「――そのコックは、確か屋敷内で死んでいたと言ったな？」

「ええ。それがバケモノに変化したのよ」

「ならば今、コンチータの屋敷にはコックがいないということだ。話を聞く限り、彼女が新たにコックを雇う可能性は高いだろう――カルロス王子」

AB-CIRはカルロスの方を向き、温和な表情を保ちながらこう質問した。

「あなた、料理はできます？」

「……少しくらいなら」

「よし、ならばあなたにはコックとして屋敷に入り込んでもらうことにしよう。僕は昔、ヨーゼフという料理人を殺したことがある。……その事情については聞かないでくれよ？　結局は僕の勘違いだったわけで、彼には悪いことをした。――まあちょうど都合がいいんで、あなたにはそのヨーゼフに成り代わってもらう」

「いや……ちょっと待ってくれ。言った通り、俺とバニカは顔見知りなんだ。そんな変装をしたところで、すぐにばれてしまう」

「普通ならね――だが僕ならば君を、本物のヨーゼフそっくりに変えることができる」

その時、AB-CIRの肩に乗っていた猫がどこかに走り去っていった。

再び戻ってきた時に猫は、一振りの奇妙な剣を咥《くわ》えていたのだ。

AB-CIRは猫から剣を受け取ると、鞘から抜く。

「この剣の扱いはまだ僕も慣れていないいんだ。……うまく調節できればいいけど」

彼はカルロスのいる牢屋の鍵を開け、中に入り込んできた。

「動かないでくれよ……悪魔憑きになりたくなければね」

剣を振り上げるAB-CIRに対し、両手足を縛られているカルロスは抵抗のしようがなかった。

「それ！」

剣はカルロスの顔目がけて振り下ろされ、彼はそのまま気絶した。

数刻後に目覚め、女盗賊に鏡を見せてもらった時、カルロスは新たな顔を手に入れたことを知った。

♥
♥
♥

この顔の変化は、永久的なものではないらしい。

AB-CIRに頼めば、再び元の顔に戻すことも可能だそうだ。

彼はこの術を『呪い』なのだとカルロスに説明した。

(「あなたが役目を放棄して逃げようとしたら、僕はどんな遠くに離れていてもあなたを殺せるんで、そのつもりで」)

その言葉が真実かハッタリなのか、カルロスにはわからなかったが、どちらにせよ逃げるつもりはなかった。

ここに来て、バニカが変わってしまったことをその目で確認した。

彼女がとる食事に、もはや普通のものは存在しない。不気味な食材——もはや食べ物とすら呼べない物も混じっていたが——が毎日のように屋敷に運び込まれ、ヨーゼフに扮したカルロスはそれを調理させられている。彼女に気に入られるように表向きは平静を装っていたが、実際には気持ち悪くてたまらなかった。

少し学んだとはいえ、カルロスの料理の腕は所詮素人だ。食通のバニカを満足させられるものではないはずだが、彼女は毎日、カルロスの作った料理を美味しそうに食べている。カルロスにゲテモノ料理の才能があった可能性もなくはなかったが、バニカの味覚が狂っていることは明らかだった。

食べ物の事だけではない。女盗賊の言っていた通り、この屋敷には数々の奇妙な生物が『飼われて』いた。

白い豚、白い鶏、白い牛、白い犬、白い猿――。

それらはバニカと双子の侍従以外にはとても凶暴な本性をあらわにする。カルロスの手に負えるものではなかったので、白い生物の肉を料理に使う場合、それらを殺すのはポロの役目だった。

また、白い生物は度々、屋敷を抜け出すことがあった。屋敷は人手が不足しており、高い壁に囲まれているとはいえ彼らの脱走を完全に防ぐことはできなかったのだ。前述の通り彼らは凶暴なので、ふもとの町で住民が白い生物に殺された、という話がカルロスの耳にも入ってきていた。だが、バニカはそれに対して解決策を講じようとはしなかった。

かつてバニカは、満足に食事をとれない民を案じていた。その彼女が民の死に対してなんとも思わないどころか、その原因をつくり続けているのだ。

AB-CIRは「ワイングラスを手に入れろ」とカルロスに命じた。バニカが変わってしまったのは、魔道師である彼が集めているその道具――ワイングラスのせいではないかとカルロスは推察していた。だとすれば、AB-CIRの命令を果たすことで全てが解決するかもしれない。

ワイングラスは地下にあるようだが、カルロスはそのうちの一室、食料貯蔵庫以外への立ち入りを禁じられていた。他の三部屋は施錠されており、入ることができない。誰が鍵を持っているのかすら、わからなかった。

しばらくはコックのふりをし続けて、機会を窺うしかなさそうだった。

♥　♥　♥

異常な食事を作り続ける生活がしばらく続いた。

これまでのコックが皆逃げ出した、というのもよくわかる。カルロス本人は普通の食事をとることを許されていたが、コックとして仕事に深く生きがいを感じている者ほど、幼い子供の悪戯のような料理作りには嫌気がさすことだろう。幸いにもカルロスは本職の料理人ではなく、料理にそれほどプライドを持っているわけでもない。

以前のコック達は、そもそもバニカのような異常者と共に暮らすことに抵抗を感じていたに違いない。気持ちの悪いゲテモノを貪《むさぼ》り食うような女を毎日見ていれば、心も疲弊《ひへい》し消耗するというものだ。

しかしこれについても、カルロスは当初ほど気にならなくなってきていた。

バニカは確かに悪食を好む変人であったし、性格もどこか歪んでいたが、それを帳消しにするくらい女性としては魅力的だった。昔から顔立ち自体はそれなりに整っていると思っていたが、痩せたことでその美しさがさらに際立っていた。

十三年前にバニカがこの姿でカルロスの前に現れたとしたら、彼は間違いなくこの女性に夢中になっていたことだろう。王家の事情など関係なしに、即座に結婚を了承していたかもしれない。それほどまでにバニカは魅力的な女性へと変貌していた。

昔は、バニカが食べ物の事を楽しそうに話すのを見るのが好きだった。今のバニカも、その時の無邪気な表情を見せる時がときどきある。それはやはり食べ物について語る時だったが、その対象が牛や野菜から、蟲や毒キノコに変わっていた。

状況はだいぶ変わってしまったが、もう会うことはないと思っていた彼女と再び過ごす機会を得ることができたのだ。カルロスは自分が少しだけこの屋敷での生活に幸せを感じている事に気づき始めていた。

双子が邪魔くさいのも相変わらずだ。彼らは昔から何も変わっていなかった。

いや、変わらなさすぎた。

いったいなぜ、彼らは子供の姿のままなのか？

それを直接、本人達に聞くわけにもいかなかった。最近出会ったばかりの『ヨーゼフ』が彼らの過去を知っているはずがないからだ。

双子は変わらなさすぎ、バニカは変わりすぎている。

時間の概念を根本から覆《くつがえ》してしまうような、おかしな空間がこの屋敷には広がっているのだ。

♥　♥　♥

バニカの食事はその内容の異常さもさることながら、食べる量に関しても常人をはるかにしのぐ。

屋敷で働く正式なコックは現在カルロスだけなので、特に手間のかかる料理などを作る時などはかなり大変な作業量となり、一人ではとても手が回らないことも多かった。

そんな時は、バニカに頼んで双子のどちらかを調理補助に回してもらうのだが、大抵その役目を任されることになるのはアルテの方だった。

ポロにはどうも料理の才能はなさそうだった。彼はカルロスがいくら説明しても単純な調理工程すら覚えられず、パン生地に入れる水の分量を間違えてべちょべちょにしてしまったり、鍋の火加減を誤って中身を焦がしてしまったりと、とにかく役に立たないどころかむしろ手間を増やしてくれることの方が多かった。

アルテの方はポロよりか幾分マシだったが、彼女の場合ちょくちょくカルロスの目を盗んではさぼったり手を抜こうとする。

それに加えてどうもアルテとポロは、カルロスのことをあまり気に入っていない——というよりもむしろ嫌っているようだった。

アルテは必要がある時以外、ほとんどカルロスと口を利《き》こうとしないし、ポロにいたっては事あるごとにカルロスに悪戯を仕掛けてくるのだ。この屋敷に来てからもう何度も、カルロスはポロの仕掛けた甘蕉の皮に転倒させられていた。もしかしたらポロが料理を失敗するのもわざとやっている事なのかもしれない——そんなふうに考えてしまうほどだった。

昔、彼らがマーロンに来た時は別にこんなふうに嫌われてはいなかった。見た目の変化がまったくない双子の、唯一と言える以前との違いがこの点だった。

とはいえ、カルロスは今『ヨーゼフ』としてこの屋敷にいるのだ。つまり彼らはカルロスというよりは、このヨーゼフの事が気に喰わないのだろう。

自分達とバニカの世界に異分子が入り込むのを嫌がっているのだろうか、ともカルロスは思った。そうだとしたらずいぶん子供じみた理由だが、どうもそれだけではない気がした。

その理由を聞き出そうとある日、カルロスは調理を手伝っているアルテに会話を試みたのだ。

「あ、あのう……ちょっといいですか？」

鍋に火をかけつつ、カルロスは恐る恐る、といった感じで声をかけた。

顔が変わっているので正体がばれるとは思っていなかったが、それでも背丈や声は以前のままだ。だからカルロスは念のため、この屋敷では本来の自分と違う、気弱な性格を装っていた。

「……何よ」

アルテは目の前のトカゲに乱暴に包丁を振り下ろしながら、ぶっきらぼうに応じる。

足が十五本もある虹色のトカゲは、アルテに斬られるたびに奇声を上げている。アルテの足元では、彼女のペットである白豚のムララがその様子をじっと見守っていたが、目のないこの豚に何が見えているのかは定かでない。

「コンチータ様とポロさんが今、来客中みたいですが……あれって皇軍の兵士ですよね？」

カルロスはとりあえず差しさわりのない話から始めてみることにした。

皇軍とは、女帝ジュノ直属の軍隊の事である。皇軍の兵士がジュノの遣いとしてバニカを訪ねてくることは別段、珍しい事ではなかった。しかし、最近はその頻度が増しているようにも思えた。

その理由はわざわざ探るまでもない。間違いなくあの白い生物の事だろう。

屋敷を抜け出した彼らの数は増え続け、領内で問題を起こすことも頻繁になっていた。その事についてバニカは説明を求められているのだろう。

「あまりはぐらかし続けるのも、コンチータ様にとって良くないのでは？」

カルロスがそう言っても、アルテは無視してトカゲを切り刻み続ける。

だが、トカゲがついに鳴き声を上げなくなるほど細かく分断された頃、アルテはようやく口を開いた。

「……皇城に赴くよう、何度も言われているみたい。まあバニカ様は無視し続けるでしょうけど」

「なぜですか？　このままでは皇家に反抗していると思われるんじゃ——」

その言葉を遮るように、突然アルテが手に持った包丁をカルロスの顔目がけて投げつけてきた。

「わっ!!」

咄嗟の事で、カルロスは身動き一つとれなかったが、包丁はカルロスに命中することなく後ろの石壁に当たり、甲高い音をたてた後、床に落ちた。

「ごちゃごちゃとうるさいわね！　アンタは黙って料理を作ってりゃいいのよ!!　まったく本当にムカつく！　ムカつくわアンタ！」

カルロスは黙って包丁を拾い上げると、それを作業台の上に置いた。

「……アルテさんはどうも、僕の事をお嫌いなようですが、何か僕に不手際があったのでしょうか？　それならばお詫びしますが、できればその理由を教えてほしいのです」

これ以上アルテの事を怒らせないよう、できるだけ穏やかな物腰で尋ねた。するとアルテもいくらか落ち着きを取り戻したようで、カルロスを睨み付けながらもポツリとこう言葉を漏らした。

「……似てるのよ、アンタの顔が。私とポロを森の奥に捨てたあの男にね」

「あの男？」

「男は魔女の子分だった。私達は魔女やその男を『母さん』『父さん』と呼んだこともあったけど、そうじゃなかった。あの人達は偽物だったのよ。飢饉で食べ物が不足した途端、魔女達は私達を森に置き去りにしたの。月の光がなかったらそのまま私達は森をさまよい、飢え死にしていたでしょうね。だから私達は無事に家に戻った後、魔女をかまどに――」

そこまで言った後、アルテは我に返ったように口に手を当てた。

「……過去の話よ。そう、もうずっと過去の、昔々の物語」

それだけ呟いて、トカゲの身体の切れ端を一つ、ムラの口に放り投げた。白豚はそれを一瞬で飲み込み、嬉しそうに「ワンッ」と鳴いた。

そしてアルテは作業台に置かれた包丁を再び手にすると、また新たなトカゲを切り始めたのだ。

ややわかりづらい表現ではあったが、どうやらアルテとポロには義理の両親に捨てられた過去があり、その義父に自分の今の顔が似ているために、双子は自分を毛嫌いしている――そうカルロスは理解した。

カルロスは昔、自分を恵まれていない子供だと思っていたことがあった。だがカルロスの境遇など、バニカや双子達のそれと比べればずっとましなものだったのだろう。

「……すまない」

そんな言葉が、自然とカルロスの口からついて出た。

「何よ。アンタが謝る必要なんてないじゃない。……アンタは結局、アダムじゃないんだもの」

アダム、というのはおそらくその義父のことなのだろう。

アルテはそれきり、料理が出来上がるまで喋ることはなかった。

♥
♥
♥

その日もカルロスは調理室でバニカのための夕食を用意していた。

食材については、もはやその詳細を述べるのも嫌になるほど奇怪なものばかりになっていた。

「おや、ワインのストックが無くなってしまったな」

調理室にはいつも一本だけワインのボトルが置かれていた。バニカが飲みたいといった時にすぐ持っていけるようにだ。だが、今はその瓶の中身が空になっていた。

カルロスは新しいワインを求めて、地下の食料貯蔵庫へと向かう。貯蔵庫には様々な種類のワインが置かれているが、バニカが飲むのは基本的にその中の一種類だけだった。

『ブラッド・グレイヴ』――バニカが自ら指示して作らせた、コンチータ領産のワインだ。南にあるワイン醸造所から定期的にここに運ばれてくる。

バニカが口にする物の中で、唯一まともなのがこの『ブラッド・グレイヴ』だった。他のワインや酒には大概わけのわからない素材が混ぜられていたし、場合によっては彼女は動物の生き血をそのまま飲み干すこともあった。

カルロスが『ブラッド・グレイヴ』の入ったボトルを一本手に取り、調理室に戻ろうと振り返った時だ。

「あら、ここにいたのね♥」

いつのまにかバニカが立っていた。

彼女は少し酔っているようだった。ほのかに顔が紅潮しており、瞳が潤んでいる。その様子を見て、カルロスは調理室のワインが空になっていた原因を理解した。

「お仕事、ご苦労様」

そう言いながらバニカはカルロスに近づき、ゆっくりと顎をカルロスの左肩に乗せてきた。

彼女はそのまま、両腕をカルロスの背後に回す。

バニカの心臓の鼓動が胸越しに伝わってきた。

「……よ、酔っておられるのですか？」

「フフ、そうかも♥　ちょっと眠くなってきちゃった」

「では、寝室までお連れいたしましょう。ひと眠りされた後には夕食も完成していましょう」

普段ならアルテかポロを呼んで彼女を任せるところだ。だが彼らはいつも昼間のうちにどこかに出かけており、今日はまだ帰って来てはいなかった。仕方なくカルロスはバニカを抱えて三階の寝室まで連れて行く。

「ふうー♥」

部屋に辿りつくや否や、バニカはベッドに倒れ込むように横になった。

「では、私は夕食の支度に戻ります」

そう言って部屋を立ち去ろうとするカルロスの腕を、バニカが掴んだ。

「――もう少し、ここにいて」

彼女の顔は赤いままだったが、表情は真剣だった。

「これまで、あなたとゆっくり話したこと、なかったわよね」

「い、いやしかし、僕には食事の準備が――」

「今日はいいわ。食欲が湧かないの」

バニカが「食事はいらない」なんて言うのは初めての事だった。ある意味、大事件と言ってもよかったが、今のカルロスにはそんな事を考える余裕はなかった。

彼女のドレスの胸元がはだけている。カルロスはその誘惑に抗うべく、なんとか視線を逸らした。

何か言わなければ。そう思っていても、カルロスの口からはどうしても言葉が出てこなかった。

「あなたの話を聞きたいの。縁談の話が無くなって私が帰った後、あなたがどうしていたのか、とか――」

「！　……気づいていたのか、俺の正体に」

「ちょっと前からね。ずいぶん顔が変わってしまったけれど、あなたと一緒に過ごすうちに、私には段々と元の顔が見えるようになってきたのよ」

バニカの目が一層潤み始めた。これはおそらく、酔いのせいではないのだろう。

「……バニカ」

カルロスはバニカに覆いかぶさり、彼女をきつく抱きしめた。

二人は翌日の明け方まで、寝室から出てこなかった。

翌朝カルロスが調理室に戻ると、そこにいたアルテとポロが親の仇を見るような目で彼を睨みつけ、ぽつりとこう言った。

「おなか」

「すいた」

カルロスは急いで、朝食の準備に取り掛かることとなった。

♥　♥　♥

それから数か月が経過した、ある日の朝の事。

カルロスは玄関から聞こえてきた大声によって目を覚ました。

「——だから、さっさと招集に応じろ、と言っているんだ！」

バニカでも双子のものでもない、野太い男の声だった。

どうやら来客らしいが、何やら只事《ただごと》ではない雰囲気のようだ。

カルロスはベッドから飛び上がり、様子を窺いに玄関へと向かうことにした。

その途中、通路の窓からなにげなく外を見た彼は、異様な光景を目にしたのである。

——屋敷の周りを、兵士達が取り囲んでいた。

数にして二十人ほどだろうか。軍隊というほどではなかったが、領主の屋敷を兵が包囲するなど、只事ではない。そしてそのいずれもが皆、皇軍の赤い鎧を身にまとっていた。

（ついに皇家が強硬手段に出たのか！）

とはいえ、あくまでもこれは国内で起こっている問題だ。皇家とてバニカが従いさえすれば、手荒な真似をすることはないだろう——。

玄関に辿りつくまでは、カルロスはそんなふうに考えていた。

「あんまりやかましいから、つい殺《や》っちゃったよ、ゲヒヒ」

——身体中を血に染めたポロが、変な笑い方をしながら、その場に立っていた。

その左手にはナイフが握られ、足元には髭を生やした兵士が仰向けに倒れている。

「ポ、ポロ……お前一体、何やって——」

「あら、ついに殺っちゃったのね♥」

カルロスの言葉を遮るように、その場に現れたバニカが開口一番、嬉しそうにそう叫んだ。

「バニカ——まずいぞこれは！　皇家の使いを殺害したなんて知れたらさすがに——」

「いいじゃない。屋敷に引き籠っているのもいい加減に飽きてきた頃だったし」

カルロスとは対照的に、バニカはなんら危機感を抱いていないようだった。

「状況がわかっているのか!?　屋敷の外は兵が取り囲んでいる！　俺達だけでどうにかなるもんじゃないぞ!!」

「あら、あなたも一緒に戦ってくれるつもりなの？　嬉しいけれど、ひ弱なあなたじゃ戦いの役には立たないわ。ここは——」

バニカは天を仰ぐように、両手を広げた。

「私に——いえ、私達に任せなさい」

彼女の言葉と同時に、屋敷が大きく揺れたような気がした。

「UUUUUOOOOOO!!」

身の毛もよだつような唸り声が地下から聞こえてきた。それは次第に大きくなっていき、やがて最高潮に達した時――。

「ぎゃあぁぁぁ!!」

屋敷の外から、絶叫が響いてきた。

カルロスは二階へと引き返えし、再び窓から外の様子を見る。

外壁の向こうで、兵達が何かと戦っている。一見すると、それは全裸の人間のようにも見えた。

しかしその肌は明らかに兵士達と比べて白く、爪は歪んだ短剣のように伸びている。

女盗賊は「死体が動いた」と言っていた。

おそらく彼女が見たのはあれだったのだろう。

しかもその数は、一体だけではなかった。彼らは土の中から次々と現れ、その数はあっという間に兵士と同数になり、やがて上回っていった。

土の中から這い上がってきた直後の彼らは、肌どころか肉すらない、完全な白骨の状態だった。だが彼らが兵士に襲い掛かり、その肉を食いちぎると、見る見るうちに純白の肉体を手に入れていった。

人間らしい姿になった彼らには男性のような者もいれば、女性らしい体つきの者もいた。動きは緩慢だったが、兵士達は突然現れた彼らに動揺しているうちに、次々と犠牲になっていった。

カルロスはふと、白人間の一人に目を留めた。その白人間の両肩にまたがるように、金髪の女の子が乗っている。

あれはアルテだ。

「行っけー！　戦争よ戦争!!」

陽気に叫びながら、白人間達が戦う様子を眺めている。

(彼女が白人間達を指揮しているというのか!?)

次にカルロスはアルテが乗っている白人間の顔を見た。男性らしき彼の顔には、どこか見覚えがあったのだ。カルロスは記憶を辿り……彼が誰だったかを思い出す。

「……そうだ。あれは——あの侍従長だ」

十三年前、バニカ達と共にマーロンにやってきた、あのロンという男。

あの白人間は彼とそっくりなのだ。

「ウンウン……皆頑張っているわね♥」

いつの間にかバニカが背後にやって来ていた。彼女は戦いの様子を見守りながら、満足そうに頷いていた。

「バニカ……これは一体……」

「大丈夫。皆長年コンチータ家に仕えてきた、熟練の侍従達ですもの。あんな若い兵士達に負けはしないわ」

「そんなことを聞いているわけじゃない!!　君は一体……何をしようとしているんだ……」

カルロスは訊きながら、窓の端に手を置いてうなだれた。

「昔、言ったでしょ？　私の夢は『世界中のものを食べ尽くすこと』だって」

コンチータは窓から身を乗り出し、そのまま下に飛び降りた。

それなりの高さだ。普通ならば足を挫《くじ》くか、下手をすれば大怪我を負うところだが、彼女はまるで綿毛のようにゆっくりと舞い降りていき、軽やかに着地した。

「私はねぇ！　気が付いちゃったの！　世の中に存在するあらゆる物は『食べられる』んだって事を！」

大声で叫びながら、ダンスを踊るように彼女はくるりと一回転した。

「豚も！　犬も！　鳥も！　土も！　家も！　町も！　国も！　大陸も！　全部全部食べられるの！　だから私は——この世の全てを喰らいつくしてやるのよ!!」

白人間の唸り声。兵士達の絶叫。

それら全てよりも大きなバニカの笑い声が響き渡った。

♥

♥

♥

バニカ達が起こした行動が、ベルゼニア皇家、そして他国にどう捉えられているかをカルロスが知る術《すべ》はなかった。

あの日以降、皇軍が再び屋敷を攻めてくるようなことはなかった。もしかしたらジュノはまだ情報を表に漏らさず、内々に処理しようとしているのかもしれない。あるいは一斉に白人間を滅ぼすべく、軍の招集をかけているのか……。

いずれにせよ、カルロスは今、外の状況を知ることができないでいた。この屋敷に軟禁状態になっているからだ。

カルロスはあの白人間達を目の当たりにして、すっかり怖気づいていた。自分が触れてはいけない領域に踏み込んでしまったのをようやく悟ったのだ。

変人とか異常者とか、そんなものじゃない。

バニカはもはや、悪魔に魂を売り渡した魔女になってしまっていた。

さらに恐ろしいのは、自分がその魔女の本性を見てもなお――彼女に愛情を抱いているという事実だった。

カルロスはあの日の翌日、屋敷から逃げ出そうとした。真実に直面する事に耐えられなかったのだ。結局は自分も、他のコック達と変わりなかった――それを後悔する余裕すら、その時の彼にはなかった。

しかし、その目論見はあえなく失敗した。屋敷はすでに白人間に取り囲まれており、彼らとそれを指揮する双子をかいくぐって逃げるほどの運動神経がカルロスにはなかったのだ。

屋敷を抜け出た後、ものの数分で捕らえられてしまったカルロスは、双子に両腕を抱えられた状態でバニカの前に突き出された。

無言のまま見下ろすバニカに対し、カルロスは何を言うべきかまったく思いつかなかった。最良の言葉――そんなものがあるならば、カルロスはそもそも逃げ出そうとはしなかっただろう。

結局カルロスの口から出たのは、精一杯の強がりだけだった。

「――そろそろお暇をもらえませんか？」

それを聞いたバニカは呆れたようにカルロスに背を向け、こんなことを言った。

「……今までのコックも皆そんな事を言って私の前から去っていったわ。まったく使えぬ奴らばかり……」

その言葉の冷たい響きに、カルロスは殺されることも覚悟した。前任者のコックは地下で死体になっているのを女盗賊が見たと言っていたが、彼もまた双子に殺されたのだろう。兵士を殺し、返り血を浴びたポロの姿を見るまでは、そのことについて考えないようにしていたが。

しかし、バニカがカルロスに対し下した決断は『このまま屋敷でコックを続けること』だった。屋敷の外に出ない事を条件に、彼は咎めを免除されたのだ。

「食材はいくらでも見つけられるけれど、それを調理できるコックを探すのは大変なのよ」

バニカは自らの判断理由について、そんな事を述べた。

それが彼女の真意なのか、それともカルロスへの愛情からなのか——カルロスとしては後者であると信じたかった。

白人間の数は増え続けている。どうやら死んだ人間を白人間に変化させる術をあの双子とバニカは持っているようだった。女盗賊の話と併せて考える限り、例のワイングラスが関係しているのかもしれない。

遅かれ早かれ、女帝ジュノはこの土地に軍隊を差し向けてくるだろう。

そうなれば内乱だ。バニカは反逆者として、いずれ処刑されることになる。

あるいは、もしかしたら彼女と双子が率いる白人間の方が勝利するかもしれない。

——どちらにせよ、最悪だ。

外に逃げることはできない。あの AB-CIR に助けを求めることができれば、何か活路が見出せるかもしれなかったが、その方法がカルロスには思いつかなかった。

♥
♥
♥

今日もカルロスは、バニカのために夜食を作っている。

軽めのものがいいということで、ポタージュを選んだ。

ポタージュ、といっても使われているのは普通の野菜ではない、見るも無残なものだったが。

（スープ……か）

カルロスはバニカと初めて一緒に食事をした日の事を思い出していた。

（『ジャコク・ソース』……あれは衝撃的だったな。調味料というものに対する考えが変わった瞬間だった）

今になって思えば、カルロスが料理を学んだのはあの出来事がきっかけになっているかもしれない。

あの頃の彼女はもういない。

彼女は変わってしまった。

（俺は……俺はどうなのだろう？）

AB-CIRの魔術によって、確かに顔は変わった。

しかし心の中は……彼の元からの性根は、何も変わっていないように感じていた。

——本当はそれこそが、最も変わらなければならないものだったはずなのに。

(俺は……何かから逃げたり屈したりしているばかりだ)

出来のいい兄達から逃げた。大人の権力に屈した。勉強から逃げた。剣技の修練からも逃げた。王家の責任からすらも逃げた。

そして今、狂ってしまった愛する人から、いかにして逃げるかばかり考えている。

本当は、逃げる以外の手段を何も思いついていないわけではなかった。

ただ、それを実行する勇気がなかっただけなのだ。

「……今こそ、変わる時なのかもしれないな」

——それを行えば、カルロスは重い罪を背負うことになる。

だがその責任をとる覚悟も、固まった。

「……ゲホッ」

また発作だ。大人になって治まったはずのそれが、最近はまたぶり返している。

カルロスは二つの小瓶を取り出した。持ってきた薬の量もあとわずかとなっていた。これはマーロン王家のみに伝わるもので、さしものバニカでも手に入れることはできないだろう秘薬だ。

発作が悪化した場合、薬が無ければ命にかかわるかもしれない。

カルロスは小瓶の中に入っている黄金の粉末を、じっと見つめていた。

♥　♥　♥

「バニカ、夜食を持ってきたよ」

カルロスが寝室のドアをノックすると、しばらくして扉が開いた。

「どうぞ……あら？　どうして二人分あるの？」

バニカはカルロスの持つ盆の上に、皿が二つ乗っていることを不思議がった。

「せっかくだから今日は、俺も一緒に食べようと思ってね。構わないかい？」

「いいわよ。食事は一人よりも二人でとった方が、楽しいに決まってますもの」

皿の上には、濁った茶色のポタージュが漂っていた。

「では、いただきます」

バニカは机に置かれた皿からポタージュを掬い、一口分飲み込んだ。

それを確認して、カルロスも自分の分のスープを口に含む。

「……美味しいけど、ちょっと予想とは違った味がするわね」

「今日のスープには、とっておきの隠し味を入れたからね」

カルロスは胸ポケットに入っていた小瓶を取り出した。

「それは……？」

「俺が普段から持ち歩いている常備薬さ。——とは言っても、いつもはこの黄金の粉末を単独で飲むわけじゃない」

カルロスはさらにもう一つ、瓶を取り出す。そこには青色の液体が入っていた。

「これはジズ・ティアマの吐くスミだ。これ自体には何の効能もない。だがこっちの黄金の粉末と合わせることで、粉末が副作用として持っている致死の毒性を打ち消し、あらゆる病気に効く万能薬へと変化するんだよ」

「致死……の……毒……性」

突然、バニカの目が虚ろになり、彼女は前のめりになって机の上に突っ伏した。

「……どうやら効いたみたいだね」

「あなたは……その粉末を……単独で……スープに？」

バニカは身体を小刻みに震わせながら、カルロスを見上げる。

「これは賭けだった。君が毒に耐性を持っているのは知っていたからね。普通の毒ならまず効果はなかっただろう……だが、俺は思い出したんだ。昔、父から聞かされた、この粉末に関する……昔話……を」

「グフッ」

話していたカルロスの口調が、急にたどたどしいものに変わっていった。

カルロスは血を吐き、バニカと同様にその場に倒れ込んだ。

「どうやら……俺の方にも毒の効果が……まわ……り……」

「カルロス……あなたも同じように……粉末を？」

「……君を一人で……死なすつもりは……ない」

カルロスの顔から血の気が引いていく。

「バニカ……一緒に……地獄へ落ちよう……」

「……本当に、馬鹿な男」

バニカは不意に立ち上がった。

虚ろだった目は光を取り戻し、身体の震えも止まっていた。

「な……に……!?」

「少しだけ痺れたけど、この程度の毒じゃ私は殺せないわよ。スパイス程度の刺激でしかなかったわ」

「そうか……俺は賭けに負けたのか」

カルロスの瞳は焦点を失い、海のようにそこに広がっていった。もう彼の目は何も見ることができず、視界は暗闇に包まれていた。

それでもまだ、バニカの声を聞くことはできた。

「カルロス、もう一度訊くわ。なぜあなたは自分のスープにまで毒を?」

「お……れ……は、逃げたく……なかったんだよ」

黄金の粉末を単独で飲んではならない——そう父には散々言い聞かされていた。

これは本来子供が飲んでいい薬ではない、このままではお前の病気は間違いなく治らないから、仕方なく飲ませるんだ——かつての父の言葉がカルロスの頭の中で反響した。

(約束を破ってしまったね……悪い息子でごめんよ……父さん)

もはや言葉を発することもできなくなっていた。

だが耳だけはまだ機能を失っていないようだ。

声が聞こえた。

「逃げたくなかった？　……違うわね」

その声はどこか憂いを帯びているように、カルロスには聞こえた。

「あなたはまた……逃げたのよ……私を置いて」

それを最後に、ついに何も聞こえなくなった。

♥　♥　♥

翌日の夜。

バニカは一人、食卓の椅子に座っていた。

「お待たせしましたー」

「しましたー」

アルテとポロが二人がかりで、巨大な皿に乗った料理を運んできた。

コックがまたいなくなってしまったので、今日は久しぶりにアルテが調理を担当した。メイド特製のスペシャルディナーが、ズンと重苦しい音を立ててバニカの前に置かれる。

生き物一体をまるごと使った肉料理だ。ヒレ、ロース、バラ、スネ、ネック、タン、各種内臓——全てが揃っている。

「体毛も取り除かずにそのままつけたよー。それで良かったんでしょ？」

アルテの言葉にバニカは無言で頷くと、目の前の料理を眺めて舌なめずりをした。

「美味しそう……」

バニカはまず、骨付きの右腕を手摑みで皿から取り出し、横からむしゃぶりついた。

「ああ、美味しい……この細い腕……私の事を抱きしめてくれた、愛しい腕」

続いてフォークを取り出し、その先端を眼球に突き刺すと、口の中に放り込んだ。

「これもいい……青い瞳……あの夜、私をまっすぐに見つめてくれた、愛しい目」

恍惚の表情を浮かべながら、足を、指を、髪を、唇を、次々に食べていく。

あまりの美味しさに感動したのか、彼女は涙まで流し始めていた。

泣きながら、どんどん食事を進めるバニカ。

その様子を見ながら、ポロがぽつりとこう質問した。

「でも、よかったんですか？　いつも通り『屍兵』にしなくて」

バニカは口の中で肉を反芻しながら、それに答えた。

「私は全てのものを食べ尽くしたいの！　愛する人を食べられるチャンスなんて――そうそうないでしょう？」


――また、余談です。

カルロスが持っていた『黄金色の粉末』ですが、その正体はマーロン家に伝わる秘宝『黄金の鍵』

を削ったものだと言われています。

その成分は定かではありませんが、金属であることに間違いはないでしょうから、そのまま飲めば毒になることはまあ、当たり前でしょうね。

わたくしとしては、むしろその毒性を無効化するジズ・ティアマのスミの方に興味が引かれます。

『黄金の鍵』は悪魔を打ち倒す道具としてマーロン家に伝えられてきました。実際に『ヴェノマニア事件』ではマーロン家の祖先・カーチェス＝クリムがこの鍵を使ってヴェノマニア公爵を殺したという記録が存在しているのです。

カルロスはおそらく、この話を思い出したんでしょうね。

しかし粉末程度では、バニカ＝コンチータを殺すには至らなかった――そういうことでしょう。

「食べちゃいたいくらい可愛い」という言葉は世の軟派男や親バカな父親がよく吐く言葉ですが、実行に移す人はあまりいないでしょう。

カニバリズムは今の法律ですと立派な犯罪ですからね。

――先ほどのお肉ですか？

まだそんな事にこだわっているんですか、あなたは。

もう食べてしまったんですから、あまりつべこべ言わぬよう――。

δessert

デザート——五色デザート盛り合わせ

本日最後のメニュー『五色デザートの盛り合わせ』でございます。

用いているのは林檎、甘蕉《バナナ》、蜜柑、桃、甜瓜《メロン》の五種類。

いずれも甘味が控えめな品種を選んでおります。

これを不満に思うお客様もいらっしゃいますが、甘すぎるデザートは当レストランのコンセプトにはそぐわないと我々は考えているのです。

『グレイヴヤード』ならではの、甘酸っぱい結末をお楽しみください。


怪盗プラトニックがルシフェニア領で捕らえられた、という報告が女帝ジュノの耳に入ったのは三日前の事だ。

ドートゥリシュ公爵は自らの手でプラトニックを裁くことを望んだが、ジュノはそれを却下し、彼女を皇城まで護送するよう公爵に命じた。

ジュノは彼女に聞きたいことがあった。プラトニックは各地で盗みを働き、その報告は度々ジュノも耳にしていたが、その中で一つ、ジュノが気になるものがあったのだ。

もう一年近く前になるが、プラトニックをコンチータ領で見たという情報があったのだ。彼女は基本的に貴族の家しかターゲットにしない。コンチータ領でプラトニックの盗みの対象となる貴族といえば――バニカ＝コンチータくらいしかいないのだ。

もしもプラトニックがコンチータ邸に忍び込んでいたのならば、その情報が欲しかった。あの家の中で一体、何が起こっているのか直接話を聞きたかったのだ――。

コンチータ邸に派遣した兵士達が行方不明になってから四か月が経つが、いまだになんら有効な対抗策を打てずにいた。兵士達がバニカに寝返ったという話や、彼らが白いバケモノになって屋敷付近をうろついていた、などという報告もあった。

バニカが内乱を企てている可能性は高い。近隣の領には警戒を怠らぬよう呼びかけてはいる。だが、バニカの方から行動を起こしてこない今、こちらから大軍でコンチータ領に攻め入る事はなるべく避けたかった。

近頃、アスモディン国の動向がどうにも怪しい。いよいよ本格的にベルゼニア帝国に戦争を仕掛けようと準備を進めているふしがある。この状態でベルゼニアが国内で揉め事をおこせば、間違いなくアスモディンはそこに付け込んでくるだろう。

バニカがアスモディンと繋がっている可能性も否定できない。彼女は昔、アスモディンの地にも足を踏み入れているのだ。バーグラーとの接触はなかったと彼女は言っていたが、今となってはそれも怪しい。

白いバケモノの報告、そしてそれ以前から聞こえてきていたバニカの異常行動――このあたりも気がかりではあった。ベルゼニア帝国の歴史上、まともなはずだった貴族が突然おかしな行動をとり始め、騒乱に繋がるという出来事はこれまでも何度かあった。それらはみなジュノが生まれる前の話であり、彼女が実際に体験したわけではなかったが、バニカの件もこれらの事件と共通する何かがあるようにジュノは感じていたのである。

貴族の暴走として代表的なのは『ヴェノマニア事件』であろう。当時はまだベルゼニアの領土だったアスモディンの公爵・サテリアジス＝ヴェノマニアが多くの女性を誘拐して地下にハーレムを作っていた事件――あれがきっかけで、マーロン国では内紛が起こる事態にまで発展したという。ヴェノマニア公爵が当時のマーロン王妃を誘拐していたからだ。

その事件の解決には一人の魔道師が貢献したという。

その魔道師の名前を受け継ぐ者が今の世にも存在しているのだ。

ジュノはその魔道師の事も捜していた。彼女はベルゼニアで何か大きな問題が起こるたびに現れ、見事にそれを解決しては、またどこかへ消えていく。ジュノも先代の皇帝も幾度となく、彼女に皇家に仕えるよう要請したが、それが叶うことはなかった。

神出鬼没の彼女を、こちらから捜し出すのはなかなか難しい。彼女はいつだって、自ら事件を嗅ぎ付けて現れるのだ。

彼女ならばもう、すでにバニカの件を感付いているかもしれない。それならばいずれ、彼女はこの皇城に現れることだろう――。

そんなジュノの予想は、間違っていなかった。

謁見の間でジュノの目に突き出された怪盗プラトニック。

その横に立つ桃髪の女性は紛れもなく、ジュノが捜していた魔道師――。

エルルカ＝クロックワーカーだったのだ。

♥　♥　♥

時は、プラトニックがAB-CIRから新たな依頼を受けたところまでさかのぼる。

彼女はその後、再度ベルゼニア帝国に渡った。だが今度の目的地はコンチータ領ではなく、その北西にあるルシフェニア領であった。

ルシフェニア領は北のエルフェゴートと国境を接している土地で、南にはプラトニックの手配書が出回るきっかけになったデミランブ領がある。マーロン島からは船でハーク海を渡ればすぐに辿り着ける場所だ。

海岸にある港町から北に少し進むと、すぐに森が見えてくる。そこは『エルドの森』と呼ばれ、ルシフェニア領の北部から国境を越えてエルフェゴートの南部にまで及ぶ広大な森林地帯となっている。

ただし、今回のプラトニックの目的地はそこではない。森には入らず、東に進路を変えて少し進むと、ほどなくして『ルシフェニアン』という町に辿りつく。ここはルシフェニア領で最も大きな町で、領主のドートゥリシュ公爵が住む場所でもある。

プラトニックのターゲットとなるものは、この町のどこかにあるはずだった。

「さて、と。まずは『組合』に当たってみますか」

ルシフェニアンの南を流れるオルゴ河に沿ってさらに東に進むと、やがてルシフェニアンを抜けて今度は『ロールド』という小さな町に到着する。貴族が多く住むルシフェニアンとは違い、この町で暮らしている者の多くは商人で、町を横断する大通り沿いにはたくさんの店が立ち並んでいた。

ルシフェニア領にある『組合』は、この町の外れにある馬屋を根城にしており、支部長である『ブルーノ』は表向き、リオネル＝コーパと名乗って商売を営んでいるようだった。

「確かに『レヴィアンタの双剣』ならば、ルシフェニアンのレヴィン大教会に保管されていましたよ。つい最近まではね」

コンチータ領の『ブルーノ』と比べると、彼はずいぶんと穏やかで物腰の柔らかい口調で喋る男だった。

「『つい最近までは』ってことは、今はもうそこにはないってこと？」

「ええ。なんでも教会を訪れてきた魔道師に、神父が譲ってしまったという話です。どういった経緯でそうなったかまではわかりませんがね」

どうも一足遅かったようだ。プラトニックは軽く舌打ちをしたが、ものは考えようかもしれない、とすぐに思い直した。信徒が大勢いるであろう大教会に忍びこむよりも、その魔道師から奪い取る方が楽に仕事が済むかもしれない。

無論、その魔道師の実力や所属、弟子の有無などがわかっていない以上、楽観はできないが。

「その魔道師の名前は？」

「確か『エルルカ＝クロックワーカー』でしたかな。女性だそうです」

聞いたことのない名前だった。

そもそも『魔道師』などという職業自体、希少なものであり、彼らのほとんどは表立って活動することが少ない。そして『魔道師』を名乗る者の大概は、実際にはただの詐欺師に過ぎないこともプラトニックは職業柄、よく知っていた。

彼女の知っている範囲では、本物の『魔道師』と呼べるのはただ一人、AB-CIRだけだった。

「その『エルルカ』が今、どこにいるかもわかる?」

「もちろん。あなたにとって幸運な事に、彼女は今、このロールドの町に滞在していますよ。三六番区画の宿屋、四〇四号室です。間取りはこの図でご確認ください」

そう言ってブルーノはプラトニックに一枚の羊皮紙を差し出した。

「ありがとう。ずいぶんと手際がいいのね」

「それが私らの仕事ですからな」

「その分なら表の稼業も成功するでしょうよ」

「そう願いたいものですな。私としては『組合』の仕事も決して嫌いではないのですが、家族に隠し続けなければならないのがいささか辛いところです」

プラトニックはもう一度礼を言った後、馬屋を去り、その足でまっすぐ目的の宿屋へと向かった。

貴族の大邸宅に忍び込む場合と比べ、探索の必要がない点で宿屋のようなこぢんまりとした所への侵入というのはプラトニックにとって非常に楽なものだ。

問題は、その狭さゆえに持ち主の目を盗んで目的の物を盗み出すのが困難な事である。今回プラトニックが盗もうとしている『レヴィアンタの双剣』がある部屋には当然エルルカ本人もいる。AB-CIRが求めている以上『レヴィアンタの双剣』もまた、相当に価値がある物なのだろう。ならばエルルカが宿にこれを置いたまま外に出るなんてことも考えにくい。白昼堂々、エルルカから双剣を無理矢理奪い取るのは色々な意味で困難だろうし、プラトニックの美学としてもそれはやりたくなかった。

そうなると最適な方法は、エルルカが眠っている夜更けに部屋に忍び込み、双剣だけ盗んでさっさと逃げ出す、という盗賊にとって最もオーソドックスな手段しかなく——プラトニックは今、無事に部屋への侵入を果たし、すやすやとベッドで眠っている女魔道師の顔を見下ろしている。

多少物音を立てたところで、彼女が目を覚ますことはないだろう。プラトニックは事前に宿の主人に幾らかの金を渡し、エルルカの飲む紅茶に睡眠薬を盛らせていたのだ。

目当ての物は不用心にもベッドのすぐ横に置かれていた。双剣は銀色に輝く柄に納められており、それだけ見ても金銭的価値のありそうな代物であることが分かった。

「それじゃあ、頂いていきますねー♪」

プラトニックは小さな声で呟いて、双剣を手に取ろうとした。

——だがその時、眠っていたはずのエルルカがスッと手を伸ばし、プラトニックの右腕を掴んだのだ。

「そうはいかないわよ。怪盗プラトニックさん」

「な!!　……なんで!?」

この『なんで!?』には二つの意味が込められていた。

なんでエルルカは起きているのか？

そして、なんで彼女はプラトニックの名前を知っているのか？

慌てるプラトニックに対し、エルルカは余裕の笑みを浮かべながら質問に答えた。

「私にはね、ちょっとだけ予知能力があるの。自分で自由に制御することのできない、不安定なものだけどね。でも今回はそれが役に立った。あなたが今日ここに来ることも、紅茶に睡眠薬を盛ることも、私には事前に全てわかっていたのよ」

「よ、予知能力ですって!?　そんなの反則よ！　ルール違反よ!!」

「あんまり騒がない方がいいんじゃない？　他の人が起きたらあなたにとって都合が悪いでしょうよ」

「うっ……」

エルルカの言う通りに、プラトニックは声のトーンを落とした。

「まったく、最悪だわ……。ここんとこ失敗ばかりじゃない」

「このまま領主に突き出してあげてもいいんだけど……あなたの態度次第では助けてあげてもいいわよ」

エルルカはプラトニックの右腕を掴んだまま、真っ直ぐな目で彼女の顔を見た。笑ってはいたが、その目は真剣な色を帯びていた。

「可愛い怪盗さん。まずは一つ確認を。あなたの生まれは何処かしら？」

「そんなこと聞いてどうするのよ？」

「私にとっては重要なの。いいから早く答えなさい」

エルルカの口調が、やや怒気を含んだものに変わった。

「……エルフェゴートよ。エルフェゴートのメリゴド高地」

「そう……あなたは『ミクリア』という名前に聞き覚えがある？」

「ご先祖様に、確かそういう名前の人がいた気がするわ」

「なるほど……ＯＫ。どうやら『原罪者』とは関係ないようね」

エルルカは再び穏やかな口ぶりに戻り、少しだけ安心したように肩の力を抜いた。

「『原罪者』？　何それ？」

「あなたが知る必要のない事よ……次の質問。あなたは誰に頼まれてこの『レヴィアンタの双剣』を盗みに来たの？」

「……別に誰にも。私は金目の物がこの宿屋に不用心に転がっているって聞きつけて、やってきただけよ」

依頼者の名前を吐くなど、盗賊としてはあるまじき行為だ。プラトニックはたとえどんな拷問を受けようとも、AB-CIRの名前だけは明かさないつもりでいた。

「あなたの言葉をそのまま信じるかはともかく……プラトニック、あなたの見立てはどちらにしても飛んだ見当外れだったみたいよ。この『レヴィアンタの双剣』はまったくの偽物。銀製に見える柄も鉛を磨いて加工しただけ。売ってもここの三日分の宿代にもならないでしょうね」

「う、嘘よ!!　そんな馬鹿な……」

「この状況であなたに嘘をつく意味もないでしょうに。確かあなた、デミランブ公爵の館でも顔を見られて、手配書が出回ってたわよね？　盗賊の才能ないんじゃない？」

「ううう……」

反論もできず、プラトニックはただ涙目で呻き声を上げるだけだった。

「なんなら、新しい仕事を紹介してあげてもいいわよ——ウフフ、そうねえ……こんなのはどうかしら？」

エルルカは何かを企むような目でプラトニックを見つめた。

♥　♥　♥

それから一年が経ち、プラトニックとエルルカは今、女帝ジュノの前にいた。

プラトニックは両手を縄で縛られ跪いている状態だが、エルルカの方は何の拘束も受けず、その場に悠然と立っている。

「——さて、まずは訊かせてもらおうかしら？」

ジュノは咳払いを一つした後、黒いローブを羽織った女魔道師に尋ねた。

「エルルカ＝クロックワーカー。なぜあなたが、プラトニックと一緒にいるのかを」

「あら、ご不満ですか？」

エルルカはローブを揺らめかせながら、右腕を軽く前に突き出した。その顔には薄笑いを浮かべていたが、決して機嫌が良いわけではなさそうだった。

「文句があるのはむしろこちらですよ。いきなり盗賊の仲間扱いされて、ルシフェニアからここまで連れてこられて」

「しかし、あなたはそこのプラトニックと行動を共にしていたと、先ほど兵士から報告を受けましたが？」

両手を縄で縛られたプラトニックは、無表情のまま明後日の方向を見上げていた。我関せず、といった感じだ。

「この女盗賊さんは、小間使《こまづか》いにしていただけですよ。私の居所に忍び込んで『おいた』をしようとした罰としてね」

エルルカがプラトニックを見下ろす。彼女は相変わらず顔を背けたままだったが、苦虫を噛みしめるような顔でこう呟いた。

「ああ……最悪な日々だったわ。あんなことやこんなこと……なんで私がこんな目に……」

嘆くプラトニックを尻目に、エルルカは自分とプラトニックとの経緯についてジュノに説明した。

「エルルカ殿の物を盗もうと？　怪盗プラトニックは貴族だけを狙うものとばかり思っていましたが」

ジュノの言葉には軽い驚嘆とプラトニックへの質問、その両方の意味が込められていたが、プラトニックは相変わらず顔を背けながら、「……ふん」と鼻を鳴らしたのみだった。

「いずれにせよ、プラトニックを捕らえたならば、そのまま領主に突き出せばよかったでしょうに。なぜあなたはそれをしなかったのですか？」

「わたしにそんな義務はありませんもの」

「しかし、この国にいる以上、法は守っていただかないと――」

「それにこの子の顔に、少々気になるところがありましてね……」

エルルカはそう言って、プラトニックの顎を軽く撫でた。

プラトニックの身体がピクンとわずかにはねた。

「――何か、良からぬものの気配でも感じましたか？」

魔道師がわざわざ手元に罪人を置くからには、それなりの理由があるのだろうとジュノは予想した。

しかし、返ってきた答えは、

「あ、いや。だってこの子、可愛いじゃないですか」だった。

要するにエルルカは、単に自分の趣味で彼女を小間使いにすることに決めたらしい。

「……まあ、いいでしょう。別にわたくしは、このプラトニックの罪を問うためにここまで呼んだわけではないのですから」

その言葉を聞いて、プラトニックが初めて明確な反応を見せた。

「え!?　私、死刑にならなくて済むんですか？」

「それについて今は置いておきましょう。まさかエルルカ殿までついてくるとは予想外でしたが……むしろ都合が良かったのかもしれません」

ジュノはエルルカの方に改めて向き直った。

「エルルカ殿。またあなたに、問題事の解決をお願いしたいのです」

♥

♥

♥

コンチータ邸の庭にある家畜小屋は、今ではもうほとんどその役目を果たしていない。

かつて、ムズーリが生きていた頃は、ここに多くの家畜が飼われていた。だがもう彼らが狭い小屋に閉じ込められることはない。家畜達は放し飼いにされ、庭全体が彼らの住処《すみか》となっていた。

それでも、この小屋内にある餌箱だけは今でも使われている。

「おいでー。エサの時間だよー!!」

ポロがそう叫ぶと、庭内を我が物顔で歩き回っていた家畜達が一斉に小屋の前まで集まってくる。皆、眼球がなく盲目だったが、ポロの声は聞こえるし、餌の匂いを嗅ぎつけることもできるのだ。

餌箱には細かく砕かれた肉片や骨粉が入れられている。

本日、家畜の餌の材料となったのは行商人のアポリナーレだ。この屋敷にはほとんどの人々が寄りつこうとしないが、商魂たくましいアポリナーレだけは家畜や屍兵にも怯まずに、定期的にやってきては珍しい食材を持って来ていた。

しかしそんな彼も今日、死んでしまった。バニカの命令でポロが殺したのだ。

最近のバニカは、アポリナーレの持ってくるゲテモノ食材にすら、もう満足できなくなっていた。さらなる新しい食材をバニカは求めたが、アポリナーレにそれができないと知ると、彼女は呆気なくアポリナーレを切り捨てたのだ。

この頃のバニカ様はちょっと様子がヘンだ——そうポロは思っていた。

ポロはバニカが、屍兵を使って他領に攻め込むものと思っていた。だがバニカはあれから何か月も経つのに、行動を起こそうとはしない。

その理由をポロはなんとなく察していた。

バニカの力が、徐々にではあるが弱まってきているのだ。

屍兵の数が減り始めているのがその証拠だ。彼らのうちの何人かは、次第にただの死体へと戻っていった。家畜も同様だ。

食欲も減退してきている。とりあえず残さず食べることは食べるのだが、彼女が満足していないのは表情を見れば明らかだった。それは「まだ食べたりない」という不満ではなく、その味に納得がいっていない、という様子だった。実際に、食べる量は以前より明らかに減っている。

それに反比例して『悪食』への欲求は強まっているようだ。バニカは常に、まだ食べたことのない食材を求めるようになっていた。その苛立ちが、アポリナーレへの怒りにつながったのだ。

スレンダーな身体にも変化が訪れていた。手や足は細いままなのに、お腹だけがどんどん大きくなってきているのだ。食べる量が少なくなっているのに、これはおかしなことだった。

(アルテの手抜き料理に問題があるのかな?)

早く新しいコックを雇った方がいいのかもしれない。バニカが変わり始めたのは、あのコックが死んでからなのだ。

(でも、アポリナーレがいなくなったら、食材の補給はどうなるんだろう?)

貯蔵庫には、通常の人間ならば三人いても半年は保《も》つ量の食料が残っている。しかし、バニカの食べる量を考えれば、一か月も保たないだろう。

新しい行商人を探すのだろうか？　そういった事はポロにはよくわからなかった。小難しい事はいつも、全部アルテかバニカ自身が行っていたのだ。

（でも、バニカ様は最近部屋で寝てばかりいるし、アルテは――）

その時、開いていた屋敷の勝手口から、新たに一匹の豚が飛び出してきた。

アルテのペットであるムララだ。彼女は他の家畜の合間をぬって餌箱の前まで歩み寄り、一緒に餌を食べ始めた。

「お。ムララもお腹が空いてたのか。いいよいいよ、たんとお食べ」

本来ならばムララの食事だけはアルテがいつも用意している。だが今日はずっと、アルテの姿を見ていない。外に遊びに行ったのだろうが、それならばなぜ自分を一緒に連れて行ってくれなかったのか？　置き去りにされたポロは密かに不機嫌だった。

アルテがいないと自分とバニカの食事を作れる者がいない。家畜達やムララが美味しそうに餌を食べるのを見ていると、ポロもお腹が空いてきてしまった。

（とりあえず、バニカ様に相談してみようか……）

長い間一緒に暮らしてきたが、ポロはバニカが実際に料理をするのを見たことがなかった。けれどあれだけ『食』にこだわる人なんだから、絶対に料理だって達人級のはずだ。

（バニカ様の手料理……♪）

それを想像するだけで、ポロはちょっとだけ機嫌が直るのだった。

♥
♥
♥

ポロはバニカの部屋の前まで辿りつくとドアをノックした。が、返事はない。

「勝手に入りますよー」

鍵はかかっていなかったので、ポロは遠慮せずに部屋に入り込んだ。

バニカはベッドで仰向けになって眠っている。お腹は昨日見た時よりもさらに大きくなっている気がした。

心なしか、部屋が生臭いような気がした。掃除をあまりしていないせいかもしれない。だけどポロもアルテも、掃除は苦手だった。

どうやってバニカを起こすかを考えながらポロが何気なく下を見ると、赤い絨毯の上に黒い布きれのようなものが落ちている事に気がついた。

「これは……」

見覚えのある物だ。ポロはちょっと考えて、それが何なのか気づいた。

——アルテが頭につけていたリボンだ。

それはアルテのお気に入りで、彼女はいつだって、このリボンを頭につけていた。

それがなぜ、バニカの部屋に落ちているのだろうか？　ポロにはわからなかった。

「ん……あら、ポロ。いたの」

バニカが目をさまし、瞼をこすりながら上半身を軽く起こしてポロを見た。

「ねえバニカ様。俺、お腹が空きました」

「……そうね。私も空いてるわ」

そう言ったバニカの唇は、なぜだかいつもよりも赤く見えた。

口紅を変えたのかもしれない。男であるポロにはよくわからない。

「だけどアルテがいないんです。彼女がいないと、料理をできる者がいません」

「じゃあ今日は私が作ろうかしら♥」という答えをポロは期待していたが、バニカの口から出てきたのは違う言葉だった。

「だったら、今日は全部生でいただこうかしらね」

「……いや、やっぱり食材はちゃんと調理しないと——」

「生でも十分美味しいわよ——食材さえ良ければね」

バニカが上目遣いでポロを見つめてくる。

「でも……やっぱりアルテが帰ってくるのを待ちましょうか？」

「アルテ……うん、アルテ。彼女は『美味しかった』わ。やっぱりあなた達は、普通の人間とは違うのね」

その言葉でポロは全てを悟った。

「アルテ、食べちゃったんですか？　駄目ですよ！　彼女がいないと、料理できる人がいないじゃないですか！　もー、困ったなぁ」

ポロは呆れたように肩をすくめる。

「大丈夫、私はそれでも困らないから」

「今日の食事はどうするんですか!?」

「大丈夫、『私は』困っていないから」

バニカはさらにポロをじっと見つめ、唇と同じくらい真っ赤な舌をちょろりと出した。

そのまま大きく口を開き、その口をどんどんポロに近づけていく。

「ねえ、ポロ。あなたは——どんな味がするかしら?」

薄れゆく意識の中で、ポロはこんなことを考えていた。

(——この部屋の絨毯、こんなに赤かったっけ?)

ポロにはよくわからなかった。

♥
♥
♥

コンチータ領北西部にある城郭都市、レ・タサン。

『レ・タサン』とは『タサン大帝国の属国』という意味であり、その名を持つ国家がかつてこの地に存在していた。都市の名前はそれに由来している。

レ・タサン国がベルゼニアに併合される前まで、ここは要塞として使われていたという。しかし現在ではその本来の役割はほぼ失われており、単に高い壁に囲まれた町でしかない。

ベルゼニアス地域とコンチータ領の境目に存在するこの町に、エルルカとプラトニックは到着していた。

　ここはもうすでにコンチータ領だ。エルルカはジュノに聞いた話から、バニカ＝コンチータが『人ならざる何者か』に憑かれていると判断していたので、ここに来るまでになんらかの抵抗がある可能性も考慮していた。

　しかし、実際には邪魔が入ることはなく、すんなりと辿りついてしまった。兵士達を引き連れずに二人だけで来たのが良かったのかもしれないが、皇軍の兵が領主に殺されたという四か月前の事件を考えれば、ベルゼニアス地域からの来訪者をコンチータ領に属するこの町が呆気なく受け入れたのは妙な事だった。

　しかし、町長と面会して話を聞くことで、この疑問は解決した。

　コンチータによる領の統治は、事実上すでに破綻していた。領主から町の長にはなんの指示も降りてこず、各々の町がそれぞれ勝手に自治体制を敷いているというのが現状のようだった。

「これが例の『白人間』です」

　町長はエルルカ達を牢獄まで案内し、そのうちの一室に捕らえられている白人間を見せた。

「そ、そう、これ！　こんな感じの奴だったわ！　私があの屋敷で見たのは!!」

　白人間を見た瞬間、プラトニックがそれを指さしながら叫んだ。

　プラトニックがコンチータの屋敷にも忍び込んでいたことを、エルルカはジュノから聞くまで知らなかった。一年近く一緒に暮らしてもなお、プラトニックは盗賊として自分が行ってきたことについて話すことはほとんどなかったし、相変わらずレヴィアンタの双剣を盗もうとした真の理由についてもはぐらかすだけだった。

ただ、基本的にエルルカは他人の過去について聞きたがる性格でもなかった。自分の目的のために必要性があれば別だが、そうでなければ相手の話したがらない事を無理に問い詰めても、お互いが嫌な思いをするだけである。エルルカ自身とて、後ろ暗い過去が何もないわけではないのだ。

白人間は何をするわけでもなく、ただ牢の中でぼうっと突っ立っていた。

「生け捕りにするのに苦労しましたよ。幸いこの白人間は他の奴よりも比較的おとなしかったので、兵が三人重傷を負うだけで済みましたが――」

町長の解説を聞きながら、エルルカが無警戒に鉄格子の前へと近づいていく。

「なるほど……『屍兵』ね。町長さん、ここ、開けてもらっていいかしら？」

エルルカは鍵のかかった鉄格子の扉を指さした。

「だ、駄目です！　言った通り、こいつは非常に危険な奴で――」

「いいから。開けて」

エルルカの静かな気迫に押され、町長は渋々、牢屋の鍵を開けた。

白人間はすぐに襲い掛かってきたりはしなかった。ただ、周りの雰囲気が変わったことを察したのか、警戒するように牢の中をうろつく。

「上手くいくといいけど……」

エルルカは白人間の前頭部に手のひらを当て、何かを呟いた。

後ろでその様子を見ていたプラトニックは、一瞬だけ白人間の全身が光るのを目撃した。

「UUU……」

白人間は両腕をだらりとたらし、小さく呻き声を上げている。

「あなた、お名前は？　言える？」

エルルカがそう質問すると、やがて白人間は呻き声を上げるのをやめ、ゆっくりと人間の言葉で喋りだした。

「UU……ロン……ロン＝グラップル……」

「グラップルさん。教えてほしいの。あの屋敷で一体、何が起こったのか。なぜあなたが、そんな姿になってしまったのかを」

「お、おれは……あのやし……きに……つとめて……ばえむ……たべた」

「『バエム』？」

「はらの……なか……ぐらす……わいんぐらす……のろい……」

白人間は喋りながら、わずかに震えていた。しばらくすると彼の右腕がもげ、骨ごと床に落ちた。

「ばにかさま……ふたご……あくま。おねがい……わいんぐらす……わって」

「そのワイングラスが、全ての原因なのね？」

「そお……わいんぐらす……わって……ばにかさま……たすけて」

白人間の左腕も床に落ちた。もはや立っているのもやっとのようだった。

「わかったわ。ワイングラスは必ず回収する。バニカ＝コンチータもなんとか救ってみせる。だから……安心して、お眠りなさい」

「おねがい……ばにかさまと……あのこを……」

「『あの子』？　あの子って――」

「……UUUOOO!!」

白人形の全身が一気に崩れていく。

ばらばらになって床に転がったそれは、ただの白骨と化していた。

「……ここまでか」

エルルカは身を翻して、牢屋の外に出た。

「でも、これで原因がわかったわ。あの屋敷にはコンチータを狂わせ、屍兵を生み出す力を持った『ワイングラス』がある。おそらくは私の探している――」

「いやー、さすがですねエルルカさん！」

プラトニックが突然、わざとらしい賛辞をエルルカに対して言い始めた。

「そっかー呪いのワイングラスかー。そんな恐ろしいものがあの屋敷にはあったんですねー」

「……なーんか、白々しいのよね。もしかしてあなた、そのワイングラスの事、知ってるんじゃ――」

「ぜーんぜん！　そんなのまったく知りませんでしたー。私はただ、貴族の家に金目の物を求めて忍び込んだだけですからー」

プラトニックは陽気な口調で弁解したが、どう見ても目が泳いでいた。

ワイングラスがエルルカの考えている通りの物だとすれば、それは本物の『レヴィアンタの双剣』と同じ特性を持っている事になる。

プラトニックが双剣だけでなくワイングラスも狙っていたとすれば、やはり彼女の背後にはエルルカと同じ物を探している何者かが存在しているということ――そうエルルカは推測した。

ともあれ、この件が片付いたらもう少し深くプラトニックに探りを入れる必要があるのかもしれない。その何者かがもしエルルカの邪魔をしてくるようであれば、なおさらだ。

「……まあ、いいわ。とにかくこれで目的ははっきりした。準備ができ次第、コンチータの屋敷に乗り込むわよ！」

「はーい。頑張ってくださーい」

「……あなたも一緒に行くに決まってるでしょ！　プラトニック!!」

「うぇ!?」

その瞬間、プラトニックの表情が一変した。

「い、嫌よ!!　なんであんなおっそろしい所に、もう一回行かなきゃいけないってのよぅ!!」

「私はあの屋敷の間取りを知らないの！　あなたに道案内してもらうしかないでしょうが!!」

「じゃあ、間取り教えるから！　おばさん一人で行ってよ!!」

「『おばさん』!?」

「あ……ヤベ」

「……はい決定。無理矢理にでも連れて行くこと決定。殺してでも連れて行くこと決定。……拒否権はないわよ、小間使い」

禍々《まがまが》しいオーラを発しているエルルカと、兎のように怯えているプラトニックを遠目で眺めながら、町長は「とりあえずそろそろ、外に出ませんか？」と言いだすタイミングを恐る恐る窺っていた。

♥
♥
♥

丘の上に建っているバニカの住む屋敷からは、景色がよく見渡せる。

バニカの部屋は三階の角にあり、窓からは南と西の風景を眺めることができた。

西に見えるのはギャストーの町。さほど大きな町ではなく、南北につながる大きな街道が中心を縦断している。この街道を北にずっと進めば、やがてベリゼリアス地域のルコルベニに辿りつく。バニカが皇城へ行く時は、いつもこの道を通っていた。

南側にはトラウベン畑が広がっている。その端にポツンと建っているワイン醸造所。あれらは全て、バニカが作り上げたものだ。

この部屋からは見えないが、北にも、東にも、世界は広がっているのだ。そこにはいろんな建物があって、いろんな人がいて、そしていろんな食べ物がある。

バニカはずっと、食べることに情熱を注いできた。食べることで動物を知り、植物を知り、人間を知り、世界を知った。

食べ物を知ることで、世界の謎が解ける気がした。

なぜ世界は生まれたのか？　なぜ雨は降るのか？　なぜ太陽は沈むのか？　なぜ人は愛し合うのか？　……その答えは全て、食べ物の中にある気がした。

人は食べなければ生きていけない。

いいや、人だけはない。動物だって植物だって、生あるものは全て食べ物を求めるのだ。

それは自然の摂理。本能からの欲求。

バニカは何かを食べるたびに満たされてきた。食べることで世界を少しずつ手に入れてきた。

そのはずだった。少なくともバニカはずっとそう思ってきた。

——だけど今、この屋敷には何もない。

食料は全て無くなった。バニカが食べたからだ。

家畜もいなくなった。バニカが食べたからだ。

屍兵もいなくなった。バニカが食べたからだ。

カルロスもいなくなった。バニカが食べたからだ。

アルテもいなくなった。バニカが食べたからだ。

ポロもいなくなった。バニカが食べたからだ。

食べることで何かを手に入れ続けた。

だけど、食べることで何かを失い続けてもいたのだ。

もう、新たに屍兵を生み出すこともできない。

なぜだかわからないがバニカに備わっていた力はなくなってしまった。

もうあのワイングラスから赤い液体は湧き出てこない。もう死体が蘇《よみがえ》ることもない。

それでも腹は減る。

それはバニカが生きているからだ。

何かを食べなければならない。しかし食べるものはもうこの屋敷にはない。

麓《ふもと》の町まで行けば食べ物を手に入れる事はできるだろう。畑からトラウベンをつまみ食いしてもいい。

しかし、それでは駄目だ。
バニカの腹を満たすには、普通の食べ物では駄目なのだ。
これまで食べた事のない物でなければ――。
バニカは、満たされない。
――泣き声が聞こえる。それはバニカのものではない。
だけど、バニカのすぐ近くから、それは聞こえてきた。
バニカは下を見た。
そしてバニカは、自分が両手で何かを抱えている事に気づいた。
泣き声はこれから――この赤子から発せられていたのだ。
この子はどうして、ここにいるんだっけ？
バニカは考えた。そして思い出した。

――そうだ、この子は私が産んだのだ。
私と・・・・・・・・・・・・・カルロスとの間にできた子供ではないか。

バニカはずっと欲しかったのだ。

自分の血を引いた子供が。

だってそれは——。

バニカがまだ、食べたことのないものだったからだ。

♥　♥　♥

エルルカ達はギャストーの町に辿りついた。

ここまで来れば、コンチータの屋敷はもう目と鼻の先である。

だがその町の酒場で彼女達は、驚くべき話を聞くことになった。

「屍兵が——いなくなった!?」

エルルカにその事を教えてくれたのは、ゼノス＝ヤーコという吟遊詩人だった。彼は歌のネタになる面白そうな出来事を求めて旅をしているそうで、このコンチータ領の領主がおかしなことになっているという噂を聞きつけて、北国のレヴィアンタからはるばるやってきたとのことだった。

コンチータの件はジュノが情報を封鎖して外に漏らさないようにしていたはずだが、なぜこの男は知っているのだろう——エルルカは不思議に思ったが、それよりも彼がもたらした情報の方が気になった。

「いえね。僕はその白人間って奴を一目だけでも見てみたいと思って、危険を承知であの屋敷の近くまで行ってみたんですよ。ヤバかったらすぐに逃げようって考えながらね。ところが——実際に辿りついてみると、白人間どころか人っ子一人いやしないじゃありませんか！　不気味なのが山ほどウロウロしてるって聞いてたのに！　でね、そのまま帰るのもなんだから、外壁を登ってちょっとだけ中を覗いてみたんですよ。でも、そこにもやっぱり誰もいないし、すんごい静か。無人なんじゃないかってくらいにね。いっそのことそのまま侵入してやろうかとも思ったんですけど、やっぱりほら、そこは貴族様の屋敷なわけでしょ？　不法侵入で捕まったらやばいなーなんて思い直して、諦めて町まで引き返してきたわけです。あーホントにもう残念だし悔しいなーていう僕の気持ちを曲にしてこれから歌いますので聞いてください。タイトルは『二万五千六百年と十分の恋』！」

ゼノスは竪琴を爪弾きながら歌い出したが、それを無視してエルルカとプラトニックは酒場を出た。

「うーん。これはちょっと変ですね」

プラトニックは歩きながら、今聞いた話の感想を喋りだした。

「屍兵の事は置いても、屋敷の庭に誰もいなかったってのは——私が忍び込んだ時は、白い家畜がたくさんうろついていたんですけどねー」

「つまりその家畜も含めて、白い生き物が軒並み姿を消してしまった、と」

「そういうことになりますね」

「……これはもしかしたらチャンス、あるいは——ピンチかもしれないわね」

「チャンスっていうのはわかりますけど、なんでピンチなんですか？」

「……誰かに先を越されたかもしれないってことよ」

エルルカは苦い顔をした。

目標を追い詰めたと思ったら、別の人間に抜け駆けされたという経験が過去にもあったからだ。

「このまま屋敷に行くわよ、プラトニック」

「えー!?　もう夜遅いですよー。明日にしましょうよー」

「駄目、急ぐの！　今回こそはなんとしても――『大罪の器』を手に入れてやるんだから!!」

♥

♥

♥

赤子は今は泣き止み、静かに眠っている。

その寝顔を見ていると、バニカはなんだか幸せな気持ちになるのだった。

――こんなにも、お腹が空いているのに。


〈**食べないのか？**〉

どこかから声が聞こえた。

赤子の声ではない。もちろんバニカの声でもない。

それはバニカの頭の中に、直接響いている声だった。

そしてその声に、バニカは聞き覚えがあった。

「久しぶりね、『悪魔』」

〈**その赤子を食べねば、お前は今度こそ死ぬぞ**〉

脳裏には声と共に、かすかな赤いもやのようなものが浮かんでいた。

「この子じゃなきゃ——駄目なの？」

〈そうだ。お前はなぜ、自分が力を失ったと思う？〉

「さあね」

心の中にいる『悪魔』と、バニカは会話を続けていく。

〈あの黄金の粉末のせいだ〉

「カルロスの持っていた？　だけど、あの時の私には効かなかったわ」

少し体が痺れはしたが、あの毒ではバニカにトドメをさすことができず、彼女はすぐに回復したのだ。

カルロスの方は、死んでしまったけれど。

〈スープに入っていた量だけではな。だがお前はあの男すら食べてしまった。奴の身体にはそれまでの——奴が何十年と服用し続けていた粉末の成分が染み込んでいた。それがお前の身体を少しずつむしばんでいる。じきに我の声を聞くこともできなくなるだろう〉

「でも、それとこの子に何の関係が？」

〈その赤子は、ワクチンなのだよ〉

「ワクチン？　何それ？　美味しいの？」

バニカにとっては、聞きなれない言葉だった。

〈そうか、お前達の世界では失われた言葉だったな……つまりは毒に対抗する力を得る薬の事だ。それがこの赤子の体内で生成されている〉

「あなたはなんでも知っているのね。アルテやポロの正体がなんなのかも、わかっているの？」

あの二人はずっとバニカと共にいた。その間、ずっと年を取らなかった。バニカが悪魔と契約した後も、彼らは驚いたり、怯えたりすることもなく、バニカにそのまま従い続けた。普通の人間でない事はなんとなくわかっていたが、結局何者なのかは、はっきりしないままだった。

「彼らはあなたの手下だったの？」

〈違う。あいつらについては説明が少し難しい。彼らは『Hänsel』と『Gretel』——我の仲間であり、親であり、息子である者達の生まれ変わりなのだ〉

「よくわからないわね」

〈お前が力を取り戻した暁には、その辺りの事も教えてやろう。さあ！　早くその子を喰らうのだ!!〉

悪魔の口調がやや強くなった。それと共に、不定型なままだった悪魔の姿が少しだけ明確に頭に浮かぶようになった。

悪魔は色が赤くて、丸い身体をしていた。

「……嫌よ」

〈なぜだ!!〉

「わからない。でも嫌なものは嫌」

〈情にほだされたか？　まったく——つまらない。なんとつまらない奴なんだ、お前は!!〉

悪魔の言葉遣いが徐々に威圧感を増したものになっている。

それとともに姿もますますはっきりしてくる。

短い手足と、可愛らしい尻尾が生えている。

「悪魔に悪口を言われる筋合いはないわ」

〈いいから喰え！　お前から『食』を取って、何が残るというのだ!?〉

「やだ、食べない」

〈喰え！　喰え！　喰え!!〉

「食べない！　食べない！　食べない!!」

頭の中での言い争いが続いた。

同時に、悪魔の鼻が大きく、潰れたように上向いていることを知った。

〈腹が減って苦しいだろう？　だがここには――いや、世界中どこを探しても、お前を満たせる食べものはないぞ。その赤子以外はなぁ!!〉

内なる悪魔の声は段々と脅迫じみたものとなっていく。

その正体をもうバニカは、はっきりと見えるようになっていた。

真っ赤な豚が、バニカに食事を強いているのだ。

この豚は『バエム』かもしれないし、もしかしたらお母様なのかもしれないと、バニカは思った。

「食べる物がない？」

本当にそうなのだろうか？

この子を食べる以外の道が――。

――バニカは気がついた。

気づいてしまったのだ。

「……そうでもないかもしれないわよ？」

〈――**何!?**〉

「私、今気がついたの。この子以外にも、私が食べたことのない食材があるって。それも、私のすぐ近くに」

バニカは自らの右手を見て、そして静かに微笑んだ。


「まだ、食べるもの、あるじゃない」

豚はバニカの考えている事を察し、急に慌てだした。

〈……**馬鹿な事を考えるな。やめろ、やめるのだ!!**〉

「食べてやるわよ。私自身を。あなたと一緒にね。さあて――」


バニカにとって久しぶりの食事。

そして、最後の『悪食』だ。


「――私は、どんな味がするのかしら♥」

♥
♥
♥

町を出て三十分ほど山を登ったところで、エルルカとプラトニックはコンチータの屋敷の正門前に到着した。

確かに吟遊詩人の言っていた通り、屋敷の外、そして中にも人の気配は感じられない。

「さて、どうやって忍び込みますか？」

道中、散々愚痴を漏らしていたプラトニックだったが、屋敷を目の前にしてようやく覚悟を決めたらしく、真剣な目でエルルカに尋ねた。

「どうやってもこうやってもないわよ。正面から行くわ」

「え!? でもたぶん、扉には鍵がかかってますよ。ご所望《しょもう》とあれば私が開けて差し上げてもよろしいですけどー」

「それには及ばないわ」

エルルカが指を鳴らすと、カチリという音と共に鍵が外れ、扉は呆気なく開かれた。

「……ああ。エルルカさんは鍵開けの魔術が使えるんでしたね。いいなー、その術があれば私も簡単に泥棒し放題――」

「あなたには無理よ」

エルルカはプラトニックの言葉を遮るように即答した。

「はいはい。どうせ私には魔術の才能の欠片もありませんよーだ」

二人はそのまま正門を入り、中庭を進んだ。プラトニック曰く、前に忍び込んだ時にはこの中にたくさんの白い家畜が放し飼いにされていたらしいが、やはりそれらの姿もまったくなかった。

「まずはこの屋敷の主に会ってみましょうか。プラトニック、バニカ＝コンチータの部屋は何処？」

「ええと、確か三階の角部屋ですね」

屋敷に入っても人影は見られない。エルルカ達の応対に誰かが現れる気配もないため、二人はそのまま遠慮なく中を進んだ。

「――もしかしたら、すでに全員逃げ出してしまったのかもしれませんね」

プラトニックがやや声を潜めて、そうエルルカに話しかける。

「逃げる？　他領に行くための関所はベルゼニアの軍隊が固めているわ。そう簡単にいくものではないでしょうよ」

「関所越えなんて意外と簡単ですよ。私もこれまで何回もやったことありますし」

「……まあ、とにかく屋敷を全部調べてみましょう。逃亡の可能性を考えるのはそれからよ」

二人は階段を上り、二階にやってきた。

その時、プラトニックが近くの部屋から聞こえた物音に気がついた。

「……誰かいるみたいです」

「入ってみましょう」

エルルカが躊躇なくその部屋の扉を開け、中に入った。プラトニックも恐る恐るそれに続く。

部屋の中には誰もいなかったが、今度は先ほどよりもはっきりと、何かが動いているような音が聞こえてきた。

暖炉の方からだ。二人がその暖炉を覗き込むと、そこには薔薇の飾りを首につけた白豚が横たわっていた。

「……ここに隠れていたんですかね？　もう息も絶え絶えみたいですけど」

「プラトニック、ちょっと触ってみて」

「い、嫌ですよ！　私、前にそいつに噛まれたことあるんですから！」

「触りなさい。命令よ」

プラトニックは仕方なく、手を伸ばして瀕死の豚の腹に指先でちょこんと触れた。

その瞬間、豚の身体はあっという間に崩れ去り、骨だけの状態になってしまった。

「まあ、なんてこと！　プラトニックったら、こんな可愛い子豚ちゃんを無残にも殺してしまったわ！　なんて残酷な!!」

エルルカがわざとらしく叫び声をあげる。

「ちょ……私じゃありませんって!!　一体どうして――」

「――この豚は元々死んでいた。あの牢屋の白人間のようにね。それを不思議な力で無理矢理蘇らされていたのよ。つまり、この豚がこんな風に土に還《かえ》ったってことは――」

「……不思議な力の源が、無くなったってことですか？」

エルルカが残念そうにため息をついた。

「三階に行きましょう。コンチータの部屋か、そこでなくてもこの屋敷のどこかに彼女の亡骸があるはずよ。ワイングラスも見つかればいいけど……望みは薄いでしょうね」


三階、バニカ＝コンチータの部屋。

そこに入った時二人が見たのは、予想とはまったく違う光景だった。

部屋には一人の人物がいた。

だがそれはコンチータでも、侍従である双子でもなかった。

二人は部屋の中央に置かれていた机の上に目を降ろした。


そこに存在したのは、血に染まったワイングラスと――。

皿の上に乗せられながら寝息を立てている、小さな赤ん坊だった。


――エルルカ達は結局バニカを見つけることはできませんでした。

バニカは屋敷から忽然《こつぜん》と姿を消してしまったのです。

エルルカから報告を受けた女帝ジュノはその後、バニカが行方不明になったと国内外に発表しました。無論、屍兵の存在や彼女が謀反《むほん》を企てていた疑いなどについては伏せて、です。

報告を受けた女帝ジュノは、バニカが国外へ逃亡したと判断しました。

コンチータ領は再び皇家の直轄領になり、やがて正式にベルゼニアス地域に統合されました。ちなみにその際にギャストーの町もルコルベニと合併し、ルコルベニは今の大規模な街並みを得るにいたったのです。

コンチータ邸にいた赤子ですが、当初はジュノが養子にしようとしました。

しかし、やはり周囲の反対にあって、結局はジュノの使用人の子として育てられることで落ち着いたのだとか。

歴史学者の中には、その赤子の子孫があのルシフェニア革命の英雄、ジェルメイヌ＝アヴァドニアだと主張する説を唱える者もいるようですが、あまり支持はされていないようです。

ワイングラスがどうなったかについては――よくわかっていません。

エルルカがそのまま持ち帰ったという説もありますし、プラトニックがエルルカを出し抜いてこっそり盗んでいった、とも言われています。

歴史上の動きとしてはその後、マーロン国が戦争に勝利し、ライオネス国は滅ぶことになりました。AB-CIRがどうなったかを知る者はいません。

ベルゼニア帝国とアスモディン国の戦争も始まりますが、これは長い間決着がつかず、両国を疲弊させていくことになります。

その隙をつくようにベルゼニア帝国ルシフェニア領で独立運動が活発化し、ドートゥリシュ公爵はルシフェニア一世を名乗ってルシフェニア王国の建国を宣言します。

こうしてベルゼニア帝国の、衰退の歴史が始まるのです――。

これにてバニカ＝コンチータの物語、そして本日の料理は終了となります。
お楽しみいただけましたでしょうか？
お代の方は現金でのお支払いのみ受け付けております。
ツケなどはできませんので、ご了承ください——。

……まだ何か御用でしょうか？
……え!?
営業許可証？
何を言っているのかよくわかりません。
……なんですかこの紙は？
……「USE暗星庁」!?
し、知らないわよ。
違法な事なんて何も——。
だ、誰ですかこの人達は!!

逮捕!?
やめなさい、やめて!!
店を荒らさないで!!

グラス?
鏡?
知らない！　知ってても教えない！
ああ！　駄目、それを持っていかないで！
店主?
そんなの会ったこともないわよ！
シェフは——どこにもいない!?
あの野郎、私を置いて逃げやがった!!

——離しなさい　この、無礼者！
いくら聞かれたって、わからないものはわからないのよ!!

わたしはただの、ウェイターなんだから!!

digestif
食後酒

ワイングラスの中に潜む悪魔は微笑んだ。

今夜は久々に騒々しく、楽しい大捕物を見ることができた。

これでまた、自分の持ち主が変わることになる。

今度の持ち主はどうやら裁判官のようだ。

だが残念なことに、あの男の魂にはすでに先約がいる。

まあそれもいい。

罠に落ちた歯車が今度はどのような物語を生み出すか、じっくり見させてもらうとしよう。

他の仲間達と共に。


ワイングラスの中に潜む悪魔は思い出していた。

これまでの自分の歴史を。

悪魔を喰らい、自らが悪魔に成り代わったあの日からの出来事を。

幾人かの人間が、自分の持ち主になった。


最初はあの女盗賊だった。

彼女はそれなりに悪魔を楽しませてくれはしたが、結局持ち主としては不適当だった。

彼女の中に残る『怠惰の残りカス』が、悪魔にとっては邪魔なものでしかなかったのだ。

次の持ち主はあの魔道師だった。

『彼』は『彼女』になり、名前も変えていた。

彼女は恐ろしい力を秘めていたが、やはり持ち主には適さなかった。

彼女とはその後も度々会うことになったが、その度に姿と名前を変えていた。

そう——今夜も。


三番目はある国の王女だ。

彼女はあの双子の片割れによく似ていたが、中身は別物だった。

あの魔道師のせいで、運命が歪められたせいだ。

奴が面倒くさいことをしたせいで、慣れ親しんだこのワイングラスの中からも一時とはいえ出なければならなくなった。

今夜、ワイングラスと共に裁判官の物となった、あの鏡の中だ。

それでも、もう一人の魔道師の邪魔が入らなければ、もっと楽しめたはずなのに。


四番目になって、ようやく彼女と再会できた。

姿は違っていたが、今度こそは本物の『Gretel』だった。

彼女はもっとも悪魔を楽しませてくれた。

その礼に、彼女には他の者よりも多めに力を与えた。

彼女は今、悪魔と共にグラスの中にいる。

五番目はピエロだ。

彼が悪魔の力を使うことはなかった。

相変わらず頭の悪い彼は、ワイングラスの正しい使い方がよくわからなかったようだ。

彼もまた、今は悪魔と共にいる。


その後もワイングラスは様々な人の手に渡り続け、今夜、裁判官が新たな主となった。

あれからどれだけの時が経ったのだろう？

百年？　二百年？

それとも千年？

いずれにせよ、おそらく終末の時は近い。

悪魔が双子と共にワイングラスの外に出て『墓場の主』となるのも、間もなくの事だろう。

その時には、今度こそ悪魔は喰らい尽くすのだ。

この世の全てを。


『悪』の因果は、終わらない。

あとがき

今回は『食』がテーマということで、執筆にあたり取材という名目で色々と珍しい料理を食べ歩きました。

例えば肉にしても、日本人が日頃食べるのは牛、豚、鶏、あとはせいぜい羊くらいですが、実際にはもっと他にも食べられる動物はたくさんいるわけです。また、内臓に関してもよく食べられるモツやレバー以外の部位を調理して提供するお店が日本でも少なからず存在します。残念ながら人肉を扱っているレストランはどこにもありませんでしたが。いや、もしあったとしてもさすがに行ってみようとは思いませんが。

珍品料理があまり一般のスーパーやレストランなどに出回らない理由として、流通やコストの問題、あるいは希少で手に入らなかったり、そもそも単純においしくないから、などがあるでしょう。

それを食べなくても、生きていくのには何ら支障はありません。そもそもこれほどまで多くの種類の動植物を食べるのは人間くらいなものです。言ってしまえば『食通』なんて概念は人間だけに与えられた特権であり、高度な文化を誇示するための贅沢に過ぎません。

『究極の食』を求めた本作の主人公、バニカ＝コンチータはそう言った意味では、最も人間らしい欲望に忠実だったと言えるでしょう。彼女の行為は他者に受け入れられるものではなかったかもしれませんが、人間として間違っていたと安易に結論づけることはできません。結局は弱者が捕食者を恐れた、という自然界の摂理に過ぎないのです。

この小説の元になった楽曲『悪食娘コンチータ』の構想を考えた時期は、大罪シリーズの中でもかなり早い方になります。具体的には『悪ノ娘』の次に作る楽曲として考えていたのがこのコンチータだったわけです。

ただし当時の構想では、コンチータは怪獣の女の子で、最後は地球に向かってきた隕石を食べるために宇宙へ飛び立つというものでしたが。

その後、アイデアを練り直して今の形に近いものとなりましたが、その時はリンレンの他にもう一人、ミクも侍従の一人という設定でした。本小説のイラストも担当してくださった壱加さんに、曲ができた時に動画用のイラストを頼んだのですが、完成したイラストにミクの存在が一切なかったため、それに合わせて彼女の設定を抹殺し、楽曲のコーラスからもこっそり削除しました。最終的にはキャラ構成としてよりまとまった気がするので、結果オーライです。

最初に話した珍品食べ歩きの件ですが、個人的な一番の収穫は「鹿の睾丸は意外とおいしい」ということでした。あくまで個人の感想です。一緒にそれを食べた方々は微妙な顔をしていましたので参考にはなさらない方が良いと思います。あと、ここに書いてあったから、といってイベントなどで睾丸を差し入れとして持ってくるのはお控えください。生ものは基本的にお受け付けしておりません。

悪ノP（mothy）

壱加

掃きだめ
http://blog.livedoor.jp/ichi_ka01/

イラストレーター。『悪ノ娘』『悪ノ召使』をはじめとした悪ノ娘楽曲のイラストや動画を手がけている。ノベル『悪ノ娘』シリーズでは、キャラクターデザインやカバーイラスト、挿絵などを担当。

悪食娘コンチータ、発刊おめでとうございます！　今回のカバーや挿絵は、ホラー風味で描かせていただきました。全体の雰囲気がそもそも好きで、悪人面もOKと言うことでしたので非常に楽しかったです。挿絵や他の絵師様のイラストとともに、物語をじっくり楽しんでもらえましたら嬉しいです。ありがとうございました。

アオガチョウ

Aogachou.com
http://aogachou.com/

イラストレーター。キャラクターイラストはもちろん、ソーシャルゲーム『激闘！恐竜ハンター』や『神壊のレクイエム』のモンスターデザインを手がけるなど、マルチなフィールドで活躍中。

ボカロ曲の中で特に印象に残っていた一曲でしたので、お話を頂けて大変光栄です。好奇心の塊といったキャラクターがとてもイイ！
彼女の食卓に並んだ死骸…じゃなくて料理の数々を美味しそうに眺めて頂ければ幸いです。ユニーク食材といえば、先日ヒツジの脳みそカレーを食べました。こってりしていて美味しかったですよ。

笠井あゆみ

射干堂
http://www6.ocn.ne.jp/~ayumix28/

イラストレーター・漫画家。代表作には『麗人』の表紙イラストや『姉崎探偵事務所』シリーズのイラストなどがある。個人画集『月夜絵』や『戀字宴（こふじえん）』も発刊されている。

楽曲は怖いんだけど愉しい曲ですね。描く時に衣装の設定をいただいて、コンチータの真っ赤な衣装が素敵でうきうきでした。すごい美人！ですよね！　イラストの背景は食材の皆さんにしています。お味は彼女のお口に合ったかしらー、なんて思いながら描きました。有難うございました!!

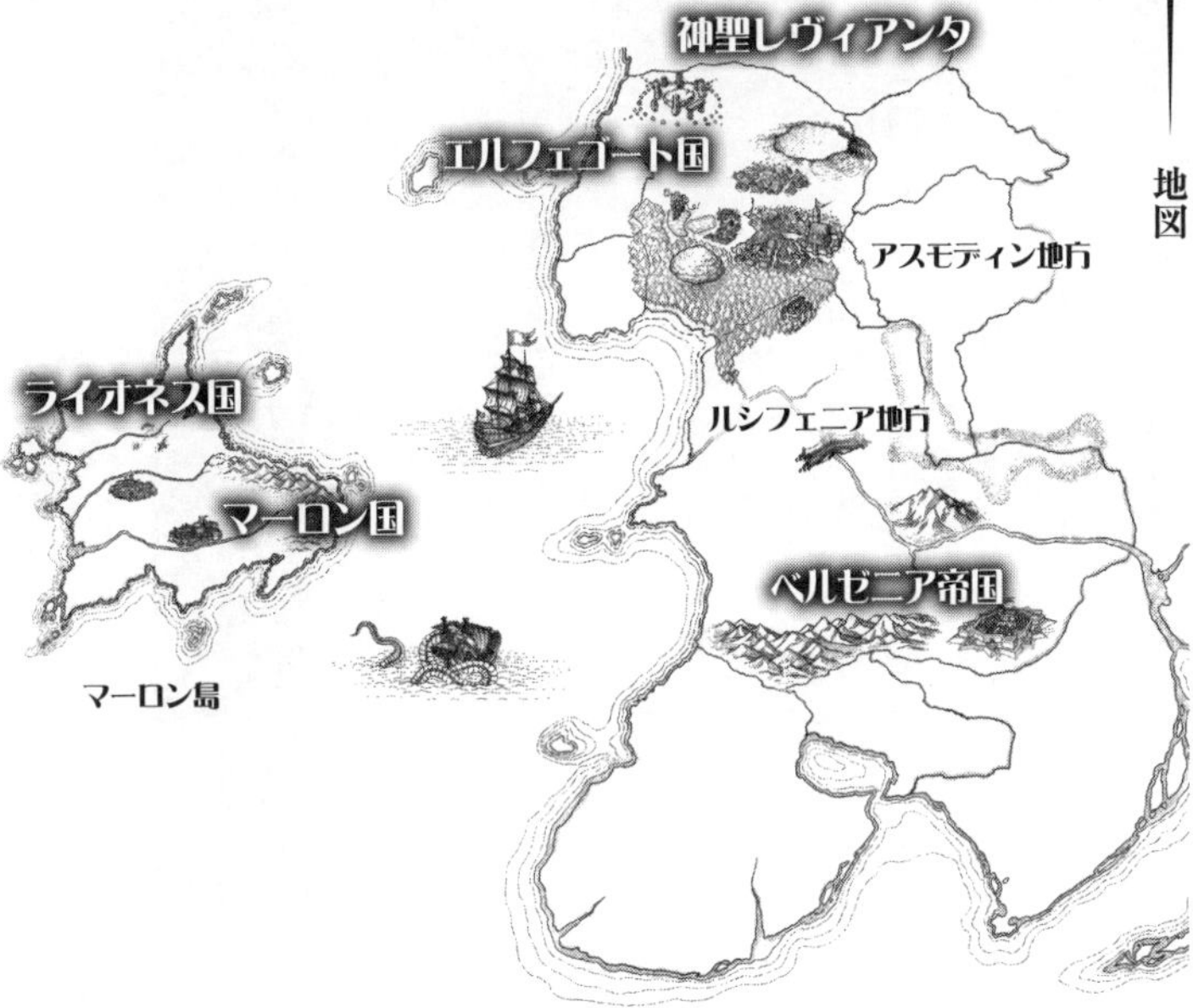

◆ベルゼニア帝国

エヴィリオス地方の大部分を統治する大帝国。ジュノ＝ベルゼニア皇帝が政権を握っている。136年に起きた「ヴェノマニア事件」に関連していたカーチェス=クリムの反乱をきっかけに、ベルゼニアとマーロン両国の繋がりは以前よりも弱くなっている。

◆エルフェゴート国

エヴィリオス地方北部に位置する。国土の四分の一が森に覆われており、肥沃な大地を持つ。北東にあるメリゴド高地では、強大な力を持つ魔道師達の戦いが繰り広げられた。

◆マーロン国

ボルガニオ大陸西海に浮かぶマーロン島の東半分を統治する国家。海に囲まれているため、ジズ・ティアマなど海の幸に恵まれている。

◆ライオネス国

マーロン島の西半分を統治する国家。マーロン国と覇権を争っており、マーロン国の捕虜は拷問してから殺害するほど憎んでいた。しかし後に戦争で敗れ、滅ぶことになった。

◆神聖レヴィアンタ

レヴィン教の影響力が強い宗教大国。もともと「レヴィアンタ魔道王国」と呼ばれていたが、大昔に何らかの原因によって崩壊し、301年に名前を変えて再び建国した。

エヴィリオス年代記

『悪ノ娘』をはじめとする『大罪シリーズ』の出来事を、年表でふりかえり。

年代	できごと
〇〇一	**イヴ＝ムーンリットによる誘拐・殺人事件** エルフェゴート国エルドの森にて、ムーンリット夫人が当時一歳だった双子の子供を誘拐、その母親を殺害した。これにより世に【原罪《げんざい》】が発生した。 **楽曲『moonlit bear』**
〇一三	**レヴィアンタの災厄** レヴィアンタ魔道王国内、王立研究所にて実験中に事故が発生。大規模な爆発は周辺国にまで影響を及ぼし、これによりレヴィアンタ魔道王国は事実上崩壊した。
〇一四	レヴィアンタの災厄の影響を受け、エルフェゴート国の飢饉・疫病が深刻化。 **木こり夫婦殺人事件** エルフェゴート国エルドの森にて、イヴ＝ムーンリットとその夫が殺害される。犯人は二人の双子の養い子であった。 **楽曲『置き去り月夜抄』**
〇一五	**「七つの大罪」の発生** 〝双子〟によって、イヴ＝ムーンリットの身体から「七つの大罪」が生み出され、世界中へばらまかれる。これを受けて、エルドの森の守り神・地竜エルドからエルルカ＝クロックワーカーへ、「七つの大罪」の宿る「大罪の器」捜索の依頼が出される。 **楽曲『クロノ・ストーリー』**
一三六	**ヴェノマニア事件** ベルゼニア帝国アスモディン地方にて、サテリアジス＝ヴェノマニア公爵が多数の女性を誘拐・監禁していたことが判明。国内、国外を問わず、被害は王族の女性にまで及んだため、国際問題に発展しかける。
一三七	サテリアジス＝ヴェノマニア、マーロン国の貴族・カーチェスにより殺害される。 **楽曲『ヴェノマニア公の狂気』** エルルカ＝クロックワーカーは転身の術を使い、自らの肉体を事件の被害者であるルカーナ＝オクトのものと交換する。
二一二	**アスモディン独立** ベルゼニア帝国アスモディン地方が独立。
三〇一	**神聖レヴィアンタ（旧レヴィアンタ魔道王国）建国**

年	出来事
三二五	**人食い娘・コンチータ行方不明事件** ベルゼニア帝国コンチータ領にて、女領主バニカ＝コンチータが人食いをしているとの噂が立つ。バニカが悪魔と契約しているという話もあり、帝国は魔道師エルルカ＝クロックワーカーに調査を依頼。しかし直後にバニカは行方不明となったため、調査は中断。事態の発覚を恐れ、国外へ逃亡したのだろう。 **楽曲『悪食娘コンチータ』**
三九九	**ルシフェニア建国** ベルゼニア帝国ルシフェニア領にて独立運動が活発化。領主はルシフェニアⅠ世と名乗り、ルシフェニア王国を建国する。
四八〇頃	**サノスン橋の誓い** エルルカ＝クロックワーカー、ルシフェニア王アルスⅠ世の配下となる。 **ルシフェニア王国、領土を拡大** ルシフェニア王国は次々と周辺国へ宣戦布告をだし、領土を拡大していった。これをきっかけに、ベルゼニア帝国は急速に勢いを失っていく。
四九〇頃	ベルゼニア帝国、エヴィリオス南方の領土を失う。ルシフェニアの侵略戦争で名を上げたアルスⅠ世の三人の部下が「三英雄」と呼ばれるようになる。
四九一	ルシフェニア国王アルスⅠ世がベルゼニアの風土病・グーラ病によって死去。 **アルスⅠ世の息子アレクシルと、その双子の姉であるリリアンヌによる後継者争いが起こる** アレクシルの後見人であるジェネシアと、リリアンヌの後見人であるプレジを中心とした派閥争いの末、アレクシル王子が死亡し、王妃であるアンネが王の座を継ぐことになる。 **楽曲『トワイライトプランク』**
四九九	ルシフェニア国王アンネがグーラ病によって死去。王女リリアンヌが統治者となる。 エルルカ＝クロックワーカー、地竜エルド（現・千年樹）の眷属である精霊グーミリアを人間に転生させ、弟子とする。
五〇〇	**ルシフェニア王国、エルフェゴート国へ侵攻** 「緑狩り令」の発令により、エルフェゴート人女性の虐殺が行われる。 **ルシフェニア革命** 三英雄レオンハルト＝アヴァドニアの娘、ジェルメイヌ＝アヴァドニアを中心とした市民による革命が勃発《ぼっぱつ》。王女リリアンヌは捕らえられ、革命軍により処刑される。 **楽曲『悪ノ娘』『悪ノ召使』** **楽曲『白ノ娘』**

五〇〇	エルルカ＝クロックワーカー、マーロンの商人キール＝フリージスより大罪の器『ヴェノム・ソード』を得る。
五〇五	ルシフェニア王国レタサン要塞にて、国軍と革命軍による衝突が起こる。
六〇九	**トラゲイ連続殺人事件** エルフェゴート国トラゲイにて、住民が次々と死亡する怪事件が発生。フリージス財団による調査の結果、マルガリータ＝ブランケンハイムによる無差別な連続毒殺事件であったことが判明。 **楽曲『眠らせ姫からの贈り物』**
六一〇	**犯罪組織ペール・ノエルの活動が深刻化** **楽曲『五番目のピエロ』**
六一一	**メリゴド高地の決闘** エルフェゴート北部メリゴド高地にて、エルルカ＝クロックワーカーとイリーナ＝クロックワーカーの決闘が行われる。
八四二	エルルカ＝クロックワーカー、東方の島国にて仕立て屋のカヨ＝スドウと接触。

八七八	**アイシケル条約締結** マーロン、レヴィアンタ、エルフェゴート、ルシフェニア四国による連合国家ＵＳＥ（Union State of Evillious）が結成。
九八二	ＵＳＥ暗星庁の裁判官ガレリアン＝マーロンが千年樹の森に映画館（EVILS THEATER）を建設する。
九八三	**レヴィアンタ内乱** 民衆殺しの罪に問われたトニー＝オースディン将軍の裁判において、ガレリアン＝マーロンとの癒着が発覚。反発した民衆による暴動が内乱へと発展し、トニー、ガレリアン両者は惨殺される。 **楽曲『悪徳のジャッジメント』**
	楽曲『箱庭の少女』 ガレリアンと懇意にしていた脚本家Ｍａが、ガレリアンの遺産を相続。大罪の器「グラス・オブ・コンチータ」「マーロン・スプーン」「ルシフェニアの四枚鏡」を手に入れる。
九九〇	千年樹の森に、ガレリアン＝マーロンの遺産が隠された映画館があるという噂が広まり、多くの者が捜索を行う。しかし森に侵入した人間は次々と行方不明になった。

用語集

○ヴェノム・ソード

AB-CIRが持っていた「大罪の器」の一つ。かつてはサテリアジス＝ヴェノマニアも使用していた。カルロス＝マーロンはこの刀の力によって「流浪の料理人ヨーゼフ」の容姿になり、コンチータ邸に侵入した。

○黄金の粉末

病弱なカルロスが常備している薬。ジズ・ティアマの吐く墨を混ぜると、あらゆる病気に効く万能薬となる。しかし、粉末を単体で飲んだ場合、副作用として持っている致死の毒に冒される。マーロン家の秘薬と言われているが、その正体はマーロン王家に伝わる秘宝『黄金の鍵』を削ったもの。

○吸血娘ヴァニカ＝コンチータ

エヴィリオス全土で親しまれている童話。ヴァニカは三日に一度、生血で作ったワインを飲まないと朽ちてしまう身体を持ち、呪われた赤いグラスを持っていた。ヴァニカのモデルはコンチータ家七代目当主バニカ＝コンチータだと言われている。

○グーラ病

石や鉄など異物を食べて死んでしまう病で、悪魔と契約した生物の血を飲んだ者に発症する。病を治す術は胃袋を常に一杯にすることのみで、その脅威は村を一つ滅ぼすほどだと言われている。

○色情公爵

ベルゼニア帝国アスモディン地方を治める公爵サテリアジス＝ヴェノマニアの異名。多数の女性を誘拐・監禁した張本人で、その事件はのちに「ヴェノマニア事件」と呼ばれることになった。

○大罪の器

五百年前にエルドの森で生まれ、世界中に飛び散った七つの器。それぞれに『大罪の悪魔』が宿っており、取り憑かれた者は自我を蝕まれる。逆に悪魔と契約すれば、その力を意のままに操ることができる。現在確認できているものは【傲慢：ルシフェニアの四枚鏡】【悪食：グラス・オブ・コンチータ】【嫉妬：カヨの鋏】【色欲：ヴェノム・ソード】【怠惰：クロックワーカーズ・ドール】【強欲：マーロン・スプーン】の6つである。

○トラウベンの実

エルフェゴート国に分布する、芳醇な甘味とかすかな酸味が特徴的な果実。ワインの原材料になることが多く、有名なものとしてエルフェゴート国の赤ワイン「ヤツキ・ロペラ」、バニカ＝コンチータが作った「ブラッド・グレイヴ」などがある。

○ブラッド・グレイヴ

口当たりがよく、食前酒にも適している赤ワイン。それまでちゃんとしたワインが生産されていなかったベルゼニアでバニカ＝コンチータが作り上げた銘柄。彼女の功績の一つ。「吸血娘ヴァニカ＝コンチータ」が愛飲していたとも言われており、「オールド・ブラッド・グレイヴ」は生血のように濃厚だったらしい。

○ルシフェニア革命の英雄

ルシフェニア革命を起こし、レジスタンスのリーダーとして名望を集めたジェルメイヌ＝アヴァドニアのこと。その功績と容姿から「赤き鎧の女戦士」とも呼ばれている。

○レヴィン教

エヴィリオス地方において、もっとも盛んな宗教。神聖レヴィアンタを総本山とし、いくつかの宗教が存在する。レヴィン教ではバエムを「悪魔の使い」としており、食べると多大な災いが起こると、摂食を戒律で禁じていた。

○USE暗星庁

八七八年に締結された、マーロン・レヴィアンタ・エルフェゴート・ルシフェニア四国による連合国家USE（Union State of Evillious）の暗星庁。暗星庁最高裁判所の裁判長はガレリアン＝マーロン。

既刊情報

悪ノ娘
赤のプラエルディウム
著：悪ノP(mothy)
定価：本体1,200円(税別)

悪ノ娘が処刑されてから五年、エヴィリオス地方は混乱の真っただ中にあった。作家ユキナがその目で、その足で、『悪ノ娘』の真実を追い求める物語。

悪ノ娘
緑のヴィーゲンリート
著：悪ノP(mothy)
定価：本体1,200円(税別)

第一弾と時を同じくして、舞台は隣国・緑ノ国へ。革命を市民の目線でとらえた、白ノ娘と緑ノ娘の二人の、覚悟の物語。浜辺に佇む少女の正体とは？

悪ノ娘
黄のクロアテュール
著：悪ノP(mothy)
定価：本体1,200円(税別)

楽曲『悪ノ娘』『悪ノ召使』の世界観を楽曲制作者本人がノベライズ！　第一弾は、とある召使と女剣士の視点で描かれた、革命の裏に隠された哀しき物語。

悪ノ叙事詩
『悪ノ娘』ファンブック
著：悪ノP(mothy)
定価：本体1,200円(税別)

『悪ノ娘』ノベルへの想いがギュッと詰まったファンブック。インタビューやキャラクター人気投票、そして書き下ろし小説では最後の器がついに登場!!

悪ノ間奏曲
『悪ノ娘』ワールドガイド
著：悪ノP(mothy)
定価：本体1,200円(税別)

第一～二弾のおさらいと共に、悪ノPの楽曲群の世界観を紹介したガイドブック。双子の幼少期を描いた書き下ろし小説や、短編漫画なども盛りだくさんの一冊。

悪ノ娘
青のプレファッチオ
著：悪ノP(mothy)
定価：本体1,200円(税別)

深まる謎、拭えぬ疑惑、膨らみ続ける不信——全てを明らかにするため、カイルは母国・マーロンへと向かった。全ての物語の歯車が重なり合う完結編。

TOKYO-CYBER-DETECTIVE TEAM

東京電脳探偵団（仮）

原作・原案：PolyphonicBranch

こちらは、東京電脳探偵団。
報酬次第で危ない仕事も請け負います。

ニコニコ動画で人気のボカロ楽曲
『東京電脳探偵団』がついに小説化！
架空の街［東京］でミク達の物語が始動する――。

Illustration by MONQ

2013年秋発刊予定!!

くわしい情報はボカロ小説総合で!!：@vocalo_novel

●著者
悪ノP（mothy）

●企画・編集・デザイン
スタジオ・ハードデラックス株式会社
編集／鴨野丈　平井里奈
デザイン／鴨野丈　福井夕利子　石本遊
編集協力／遠藤圭子

●イラスト
壱加　（カバー、挿絵）
アオガチョウ　（ピンナップ）
笠井あゆみ　（ピンナップ、トビラ）

●協力
クリプトン・フューチャー・メディア株式会社

●プロデュース
伊丹祐喜（PHP研究所）
小野くるみ（PHP研究所）

小説「悪ノ大罪　悪食娘コンチータ」は、楽曲「悪食娘コンチータ」を原案としています。「MEIKO」公式の設定とは異なります。

初音ミクとは

『初音ミク』とは、クリプトン・フューチャー・メディア株式会社が、2007年8月に企画・発売した「歌を歌うソフトウェア」であり、ソフトのパッケージに描かれた「キャラクター」です。発売後、たくさんのアマチュアクリエイターが『初音ミク』ソフトウェアを使い、音楽を制作して、インターネットに公開しました。また音楽だけでなく、イラストや動画など様々なジャンルのクリエイターも、クリプトン社の許諾するライセンスのもと『初音ミク』をモチーフとした創作に加わり、インターネットに公開しました。その結果『初音ミク』は、日本はもとより海外でも人気のバーチャル歌手となりました。3D映像技術を駆使した『初音ミク』のコンサートも国内外で行われ、その人気は世界レベルで広がりを見せています。

『鏡音リン・レン』『巡音ルカ』『KAITO』『MEIKO』は、同じくクリプトン社から発売されたソフトウェアです。

WEBサイト
http://piapro.net

悪ノ大罪　悪食娘コンチータ

2013年　10月　4日　第1版第1刷発行

著　者　悪ノP（mothy）
発行者　小林成彦
発行所　株式会社PHP研究所
東京本部　〒102-8331　千代田区一番町21
エンターテインメント出版部　☎03-3239-6288（編集）
普及一部　☎03-3239-6233（販売）
京都本部　〒601-8411　京都市南区西九条北ノ内町11
PHP INTERFACE　http://www.php.co.jp/
印刷所
製本所　共同印刷株式会社

ISBN978-4-569-81455-1